MAKEUP

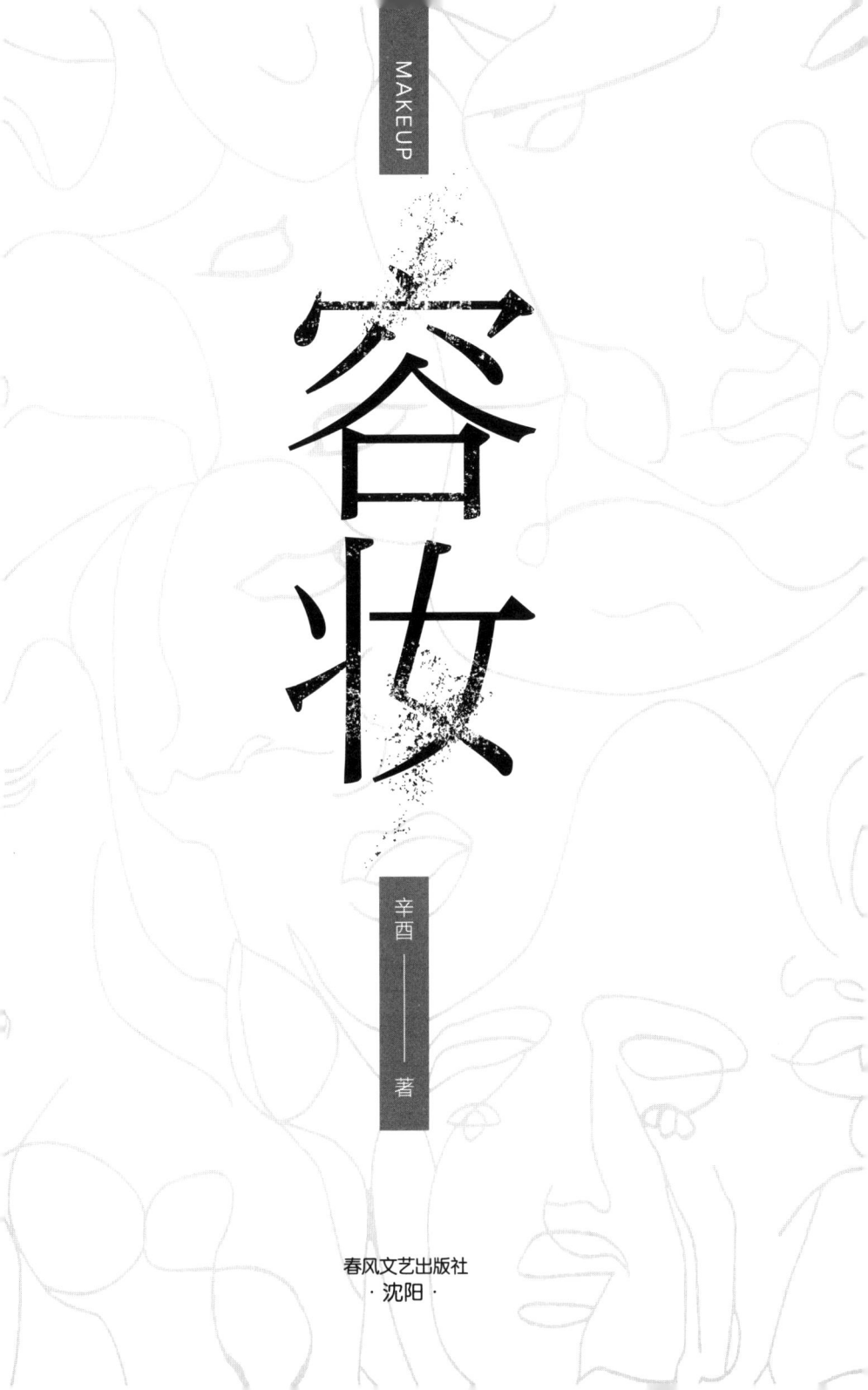

容妆

辛酉 —— 著

春风文艺出版社
·沈阳·

图书在版编目（CIP）数据

容妆 / 辛酉著. -- 沈阳：春风文艺出版社，2025.
4.--ISBN 978-7-5313-6842-7

Ⅰ.I247.5

中国国家版本馆CIP数据核字第20242W94F0号

春风文艺出版社出版发行
沈阳市和平区十一纬路25号　邮编：110003
辽宁新华印务有限公司印刷

责任编辑：王晓娣　尹明明	责任校对：赵丹彤
装帧设计：八牛工作室	幅面尺寸：145mm×210mm
字　　数：143千字	印　　张：8
版　　次：2025年4月第1版	印　　次：2025年4月第1次
书　　号：ISBN 978-7-5313-6842-7	
定　　价：35.00元	

版权专有　侵权必究　举报电话：024-23284292
如有质量问题，请拨打电话：024-23284384

目录 CONTENTS

容妆 ... 1

背对着你 ... 65

看车人的冬天 ... 129

过霜 ... 185

容妆

1

当我快步走进办公楼里时，一股浓烈的消毒水味扑面而来。我在双海市殡仪馆工作了十八年，早已习惯每天闻着消毒水味开始新一天的工作。

我一只脚刚跨上楼梯，就听到一阵轻快的脚步声从头顶传来，抬头一看，化妆组的组长汪洁正疾步从楼上下来。她瞥了我一眼，迅速收回目光，和我离着还有十几级台阶的距离，就迅速扭身转到楼梯另外一侧，急匆匆地下楼不知道忙什么去了。当然了，即使她不忙也从不会和我说一句话。十年前，我们曾是恋人，马上要领取结婚证时分了手。

一些国人似乎有个特别不好的传统，恋人分手后，尤其是夫妻离婚后，多半会成为仇人。我和汪洁就是如此，自从我们的恋爱关系终结后，她就再未搭理过我。我在火化组，她在化妆组，我们同属业务科，平日里低头不见抬头见，她却总是视我为空气。慢慢的，我也就习以为常了。

我到二楼的更衣室换好工作服后，来到火化车间。此刻的时间是清晨5点55分，五分钟后，今天当值的所有火化工都已各就各位，第一拨儿逝者遗体也被推到火化车间外排队等候了。

"高炉二号。"

伴随着司仪小刘的声音，今天的第一具遗体被送了进来。逝者躺在卫生棺里，整个身体被寿被覆盖着，看身型十分纤瘦。负责二号炉的王冲核对完放在逝者身上的号牌之后，深深地朝逝者鞠了一个躬，然后一个人将装有逝者遗体的卫生棺捧起，轻轻地放到炉板上，紧接着，炉板就被自动推进炉膛里。

随后，我负责的三号炉也迎来了今天的第一位逝者。我一如刚才的王冲一样，先核对号牌，再向遗体鞠躬。逝者体型肥胖，王冲协助我，我们合力将卫生棺抬到炉板上。目送承载着逝者遗体的炉板缓缓进入炉膛后，我在炉前的控制面板上按下红色的启动按钮，又打开了引风和鼓风，火化正式开始。

随着十台火化炉陆续启动运转，整个火化车间瞬间变成了一个巨大的蒸笼，用不上十分钟，我们身上的工作服就会被汗水打透。往往不等第一具遗体火化完毕，稍胖一点的火化工衣服上就会泛出白花花的汗碱。所以，在火化工作进行的过程中，每台炉前的火化工都人手一瓶矿泉水，一边持续大量地补水，一边密切关注着控制面板上各个数值的变化和炉膛里的情况。

在火化炉里近千摄氏度的超高温下，逝者的肉身逐渐消失，最后从有机物彻底变成无机物。一具遗体的火化时间平均40分钟左右。我们这个特殊行业，有一个不被外人所熟知的行规，火化既要让逝者的遗体完全白骨化，还要保证某些骨头的完整性，具体指的是人体最长的那两根大腿骨的完整。从某种程度上讲，这就需要掌握好火候，是个技术活儿。不过，在现实工作中，有时候家属心急，非要让我们快点烧完。这倒也不是什么难操作的事情，无非就是把火开得大一些，但是，用这种方式火化完的遗体，那真就是一堆骨渣，而且骨灰量也少。在我们看来，这是对逝者的大不敬，一般很少会在这个问题上听命于家属。

近些年来，殡葬行业一条龙在民间大行其道，殡葬公司的人常常会代替家属到火化车间迎骨灰。他们也时常催促我们快点烧，理由是：最后将骨灰装入骨灰盒时要将全部骨灰碾碎，反正早晚都是碎，何必火化完还留两根完整的大腿骨，既费时又费力。我们更不会听他们的，该怎么烧就怎么烧，他们对我们火化工有意见也没办法。

过了半个多小时，我这台炉里的燃烧停止，进入骨灰冷却阶段，王冲那台炉还在烧着。胖一些的遗体脂肪多，相对要更容易烧一些。空气中氤氲着各种粉尘，呈现出一种类似于雾霾的状态，还有一种特殊的味道弥漫着，那是一种由火化工身上的汗臭味、遗体燃烧的焦煳味以及其他怪味混杂在一起产生的味道。它会附着在每一个火化工身上，即使每天洗澡也很难彻底清除掉。

我已经喝完了两瓶矿泉水，工作服和内衣内裤已然全部湿透，像粘在身上一样，很不舒服。十五分钟后，骨灰冷却完毕被家属领走了，第二个活儿就紧随而至。

一个火化工一上午平均要干四到五个活儿，结束时间不固定，通常是什么时候烧完什么时候结束。由于还有一个特别重要的事情要办，我心里暗自盼望接下来要火化的逝者都能像第一位那样，是胖一点的。可是，接下来的三位逝者体型都偏瘦，火化的时间相对要久一些，直到10点40多，我才结束工作。

此时的我，整个人像从水里捞出来的一样，头发齐刷刷地趴在头顶上打蔫儿，身上的工作服不仅湿淋淋的，还升腾着淡淡的热气。我并没有像平时那样离开火化车间后马上去洗澡换衣服，而是直接来到位于综合楼二楼的行政科。

行政科的科长李姐年近五旬，坐在紧里头靠近窗户的位置上办公，正戴着老花镜伏案写着什么，直到我径直走到她跟前，她才意识到我来了。李姐先是愣了一下，然后掩鼻说道："我说小初哇，你干完活儿怎么也不先洗个澡？这一身的味儿，太影响你的光辉形象了。"

此时的我顾不了那么多了，直接问她："李姐，有个事儿我不理解。咱们清理长期积存的无名遗体，为什么要把A86算上？人家有名有姓的，怎么就成无名的啦？"

今早上班在公交车上刷手机时，我偶然在我们殡仪馆的微信公众号上看到一则发布于昨晚8点的公告，大致意思是：殡仪馆的上级主管单位民政局联合公安机关，清理殡仪馆长期积存的156具未知名遗体，自公告发出之日起30日内无人认领的遗体，公安机关会按照相关规定解剖检验，然后对遗体进行火化处理。公告后面还附有156具未知名遗体的明细表。

全国大大小小的殡仪馆都有数量不等的未知名遗体，为了保存这些未知名遗体，不仅要花费数额巨大的资金，还长期占用公共资源。以我们馆为例，冷藏柜经常不够用，有时只能到外面临时租柜子用，每次我们工作人员都得将那些未知名遗体一具具倒到租用的柜子里，租期结束后还得再倒回来，特别麻烦。应该说，清理积存的未知名遗体对于殡仪馆的日常工作是非常有利的。可是，有些所谓的未知名遗体，实际上是有名有姓的，他们大多因为医疗纠纷或者其他原因迟迟不能火化，A86就属于这种情况。按照我个人的理解，A86不应该列入清理名单。但是，在那张明细表上，A86却赫然在列。

李姐顿了顿，语重心长地说道："小初哇，你先别激动，我也知道你和A86的关系。不过，像A86这种的，的的确确在清理范围内，我们是严格按相关规定处理这个问题的。她在我们这里停了三年多了，官司法院也早就判了，可丧户就是不露面。类似的咱们这儿有十几个，这次也都在清理名单内。"

"那我来认领遗体，她这些年欠的停尸费用也由我来出，行吗？"我问道。

"不行，必须是直系亲属，这是死规定。"李姐断然拒绝。

这次沟通未能取得我希望的结果，最后我沮丧地离开了行政科。

2

午饭我是在老卢家吃的,他家就租住在殡仪馆附近的一个小高层的六楼,房子不大,一室一厅,老卢和儿子小卢一起住,倒也够用。老卢的厨艺不赖,青椒炒鸡蛋、炒豆芽、皮蛋豆腐,简简单单的三个菜被他做得活色生香。老卢今年58岁,老家在黑龙江伊春,是个民间背尸人。他虽说和我一样经常搬抬逝者遗体,却也有着本质上的区别。他受雇于各个殡葬公司,碰到的遗体大多是横死。由于工作特殊,虽然属于打零工的性质,但收入还可以。

老卢干这一行十几年了,我们平时在工作中总能遇到,他和我们殡仪馆的很多人都很熟。和他交情最好的就是我,我这个人不善言谈,和别人聊天大多数时候是一个倾听者的角色。而老卢恰恰相反,我俩十分对脾气。我只要有空儿就愿意找他喝两杯,听他侃大山,谈往昔峥嵘岁月。

要说这老卢也是个悲情人物,时间倒回去三十年,28岁的老卢已是老家林场的场长,媳妇儿开了个小卖部,还有一个可爱的女儿,小日子过得别提多滋润了。这日子过得好了,其他的想法自然就冒了出来。首当其冲的是要个儿子,别说，真是想什么来什么，老卢媳妇儿第二胎怀的还真是个儿子，也就是小卢。

遗憾的是，老卢媳妇儿生小卢时难产，接生婆费了好大的劲儿才把小卢给掏出来，结果不知道怎么搞的，把小卢的脖子给弄歪了。这个后果相当严重，小卢除脑袋能动外，脖子以下的躯体没有任何运动机能。老卢两口子辞了工作带着小卢跑遍了北京、上海的大医院，花了不少钱，却无济于事，小卢始终没能站起来。后来，老卢媳妇儿和老卢离了婚，带着女儿改嫁了，老卢则领着小卢辗转来到了双海。

老卢对儿子好得没话说，小卢常年卧床，身上从没有过异味和褥疮；小卢喜欢荷兰球星古利特，老卢专门找人学编辫子，常年给小卢编古利特式的辫发；每顿饭老卢都是先给儿子喂饱了自己才吃。面对生活的磨难，老卢不仅从不怨天尤人，还把小卢当成自己这一生最大的骄傲。我至今还记得我第一次到他家见到小卢时，老卢那自豪的神情，他说："看，这就是我儿，挺帅的吧！他要不是横着长，站起来比你还高呢！"

老卢特别喜欢讲他当林场场长时经历的事情，今天也不例外。

"那天下午3点刚过，我一个人去巡场。我们那个林场，都是好几百年的大树，树干能有三四个男人的腰身加起来那么粗。死树也有不少，倒伏在地上，经年累月也没人管。那天挺有意思的，我远远地看到有一棵倒伏的死树上突然凭空冒出两只人脚，雪白雪白的，还一晃一晃的。开始我吓了一跳，定了定神儿后，我慢慢摸索过去一看，你猜怎么着？"

老卢抿了一口小烧接着说道："那棵树死的年头多了，树干都完全空了，我们林场食堂的大厨趴在里头正扛着一个老娘们儿的腿办事儿呢。哈哈哈。"

许是发现了我的心不在焉，老卢迅速敛住了笑，疑惑道："咦？唯一，看你今天情绪不对头哇，是不是有什么事儿啊？"

说话间，他的手机响了。

老卢瞟了一眼手机屏幕叹了一声："来活儿了，咱这局儿又被搅了。"

接听完电话后，老卢要马上去现场。他站起来端起口杯，仰脖将剩下的半杯小烧全闷进嘴里，然后叮嘱我下午两点推小卢出去晒太阳，就急匆匆地走了。片刻之后，他又给我发来了一条微信语音："我儿1点半左右可能会拉，又得辛苦你了，唯一。"

我回复他一个微笑的表情。也不是头一回了，这在我眼里根本不算什么。

屋子里只剩我和小卢两个人，我继续吃着未吃完的午饭，小卢半倚在床上聚精会神地看电视。他和老卢几乎是一个模子出来的，爷儿俩都是宽额头、高颧骨、三角眼。小卢不会说话，也不会哑语，表达意思全靠点头摇头，有时候急了嘴里也能呜呜呀呀地号上几嗓子。他的智力也比正常人差一些，尽管30岁了，却像个小孩子似的。老卢却特别不认同这一点，嘴上总说："我儿啥都明白。"

电视里正在播放的是20世纪90年代初期的意甲联赛集锦。准确地说，是AC米兰队的比赛集锦。老卢专门请人把有古利特参加的比赛剪辑在一起，制作成光碟，天天用VCD给小卢反复播放。老卢编辫子的手艺练得不错，小卢那头辫发无论是从长度还是辫子的数量上都和电视里的古利特差不多。每天老卢光花费在为小卢编辫子拆辫子的时间就有两三个小时，到今年已经整整坚持了十五年。

电视里只要一出现古利特带球的画面，小卢就会旁若无人地开怀大笑。偶尔笑大劲儿了，偏了身子，我就到床上帮他扶正。将近1点半的时候，小卢果然拉了。全部收拾利索后时间刚好是两点，我跪到床边俯身将一条胳膊插到小卢的腰间，另一条胳膊托住他的两个腿窝，没费什么力气就将他抱了起来。小卢本身比较瘦，我又有经常抬遗体的基础，一切都十分轻松。慢慢挪到床下后，我轻轻地把小卢放到轮椅上，又帮他穿好了鞋再把脚放到踏板上。

晒太阳的地点就在小高层的天台，这个地方虽然视野开阔，却没什么可供远眺的风景，前后横亘着两座乌秃秃的大山，同时也将山那边的世界一并阻隔。殡仪馆周边本就是市郊，原先一直是荒野之地，盖了楼盘多了人烟，也是近十年的事情。

天台上的空气特别好，让人不自觉地想加快鼻息，多吸几口氧气。小卢的腰杆挺不起来，整个人萎缩在轮椅上，面无表情地耷拉着两个三角眼目视前方，也可能他什么都没看，只是保持那样一种姿势。

我伫立在小卢身旁，同样漫无目的地目视前方。今天的阳光不是很足，却恰到好处。阵阵微风不时温柔地拂过脸颊，耳边间或响起鸟儿轻快的叫声。此情此景无疑是令人心旷神怡的，可我的脑子里却不合时宜地想起了那件烦心事，我的A86。

A86是一个代号，顾名思义就是我们殡仪馆冷藏库A区86号柜，此刻，在那里面冷冻着的遗体名字叫高迪娜。我不知道该怎样计算她的年龄，是用去世时的年龄，还是当下的年龄，我说不好，总之有一点是确定的，她比我小两岁。

我和高迪娜是十二年前通过相亲认识的。在具体讲述这个事情之前，似乎有必要先交代一下，我是怎样干上殡仪馆火化工这个工作的。

我的父母都是双海殡仪馆的职工，我爸初庆伟是车队司机，我妈肖素兰是化妆师。即便如此，在很长一段时间里，我，包括我爸妈都没想过以后我会到殡仪馆工作。我上职高时学的专业是证券投资，2000年毕业即失业。在家待了一年多，我妈就动了让我接班的念头。可是，那时候殡仪馆进人已经开始严了，想得到事业编更是得通过正规的考试，不像以前那样，员工子弟想接班就接班。

我的情况有点特殊，我15岁那年，我爸在一次出车接逝者的半路上出了严重的交通事故，紧急送到医院后也没抢救过来，算是因公牺牲；我妈又有严重的肝硬化，身体一直不太好，早就有提前办理内退的打算。我妈就以这两件事为条件向馆里申请让我接班。馆里和民政局的领导经过研究后，特批了一个事业编给我，但是附加了一个条件，我只能干火化工的活儿。我自己倒是不介意这个工种，我这个人吧，嘴拙，本来就不怎么愿意从事和人交流的工作。我也不惧怕经常和遗体打交道，也可能是打小从爸妈那里得到的熏陶吧。有个问题我始终不能理解，人类几乎天天吃着各种动物的尸体，又为什么要害怕同类的遗体呢？

我妈起初不怎么乐意，一心想让我坐办公室，还特意去民政局找主管领导谈了一次。后来不知道她听了谁的劝，让我先进去干着，回头再找机会调岗。这个决定成了我妈日后经常挂在嘴边的神来之笔。后来，想进事业编越来越难。就拿现在来说吧，我们殡仪馆一共有七十二名员工，有事业编的只有十八人。我们火化组，只有我一个人是事业编，其他人包括我们组长都属于劳务派遣性质的。大家伙儿平时干的活儿都一样，但我的工资要比他们高很多。

眼瞅着事业编越来越金贵，我妈也看我在火化组干得挺顺心，就没再折腾给我调岗的事。在殡仪馆工作的好处是工资高、福利好，弊端也是显而易见的，受歧视，尤其是找对象困难。所以，像我爸妈这样的"内部通婚"在业内十分普遍。我妈也不是没想过在馆里替我找一个，却苦于没有合适的。没办法，她只能把目光投向馆外，我虚岁刚到25岁，我妈就开始张罗着给我找对象。那阵子，中山公园有个"相亲大集"挺红火，我妈每周末都往那里跑，每周都能给我带回来一个相亲对象。

我的纸面实力还不错，事业单位的工作，成人大专的学历，1米78的身高，还算不错的相貌。当然了，我妈故意模糊了我的工作单位，她对外总说我在民政局工作，对内总跟我说和女方先处着，别急着说实话，等处出感情了，女方就不介意我是火化工了。可我不这么认为，一方面我不想撒谎，那样会很累；另一方面我觉得对方如果真介意我的工作，即使同意和我在一起生活，心里也别别扭扭的，那就没什么意思了。所以，每到和相亲对象见面的环节，我都会先挑明自己的实际工作。结果就是，有点涵养的女孩儿会耐着性子把咖啡或者饮料喝完再和我说拜拜，大多数女孩儿都是随便找个借口直接起身走人。

  我妈一直不气馁，把各种各样的女孩儿往我眼前推。我虽然心有反感，但又不想扫她的兴，每周都和某个姑娘走个过场。这样的日子过了差不多两年，我渐渐也习惯了、麻木了。高迪娜就是在这个时候出现在我面前的。

  我记得那天下着蒙蒙细雨，我们的相亲地点定在黄海路上的一个咖啡厅里。我先到的，选了离门口最近的座位坐下后不到五分钟，一个梳着马尾辫，穿着一身绿色连衣裙的女孩儿出现在门口。她轻轻收起那把精致的小花伞后推门而入。女孩儿的五官立体感十足，高挺的鼻梁将一对深陷在眼窝里的明眸恰到好处地分隔开来，镶嵌在薄唇的唇珠使小巧的嘴巴愈发棱角分明。她的裙子很长，直接铺在脚面上，上面星星点点地被雨点洇湿，却别具韵味。我承认，见到她的第一眼我就心动了，甚至有些窃喜。咖啡厅里只有我这一个客人，女孩儿十有八九就是来和我相亲的高迪娜。

女孩儿简单环顾了一下后，径直朝我走来。我内心突然掠过一丝慌乱，下意识地站了起来，能明显感觉到胸腔内有个东西在剧烈地跳动，似乎要穿透胸膛，抢先和女孩儿见面。

"请问你是初唯一先生吗？"

她的声音暖暖的，让人不忍心一下子听完。我愣怔了一下，嘴上明明想说："是的，我是。"嗓子眼儿却不知道被什么东西给堵住了，一时发不出声音来，只好用点头的方式回应。通过近距离观察，女孩儿的面容几近完美，唯一的瑕疵是眉毛较粗，像两条毛毛虫一样突兀在眼睛上方。

"你好，我是高迪娜。"

我有点担心她说完这句话后会主动伸过手来和我握手，由于职业的关系，我比较忌讳和别人握手。好在那把小花伞占据了她的右手，我的嗓子也适时恢复了正常，连忙说道："请坐，请坐。"

我们各自落座后很快就点好了咖啡，我全然没有了以往相亲时的放松随意，一时不知道该说什么好。高迪娜也不说话，低垂着眼帘，一个劲儿地用小勺搅动着杯里的咖啡。气氛有点尴尬，我的额头开始沁出细密的汗珠，我恨自己生了一张笨嘴，绞尽脑汁地思忖着该如何打破僵局。

我忽然想到俄罗斯女排有个队员也叫高迪娜。

"俄……俄……俄罗斯……"生平第一次出现说话结巴的情况，而且还是在心仪的女孩儿面前，我恨不得找个地缝钻进去。

高迪娜抬头莞尔一笑："你是想说俄罗斯有个女排运动员也叫高迪娜吧？"

"哦，哦，哦。"我忙不迭地诺诺连声，却仍然掩饰不住自己的窘态。一滴汗珠从鬓角滑落到脸颊，痒痒的，我迅速用手擦掉。

"我平时不怎么关注体育的，可身边总有人提到这个人，也就知道了。"

"哦，哦，哦。"我赶紧随声附和了几下后，生怕冷了场，又说道，"那你知道……"腹稿本来就没打好，加上紧张，刚起了个话头，后面的内容竟然突然想不起来了。

高迪娜大概也看出来我是在故意没话找话说，她把目光从我脸上移走转向四周，很随意地说道："这家咖啡厅挺有意思的。"

这家咖啡厅的确有点特别，可能是老板对棋牌类的娱乐项目比较感兴趣吧，墙上到处都是扑克牌、麻将牌、象棋子儿、围棋子儿一类的彩绘图案。顺着她的目光，我看到了黑桃Q的图案，立即来了灵感。

"你知道黑桃Q上的这个女人是谁吗？"

"不知道。"高迪娜一脸懵懂地摇头。

"是雅典娜。"我笃定地说道。

"噢。"高迪娜缓缓点了点头，又问道，"那旁边的红桃K上又是谁？"

"是法兰克国王查理大帝，你对比一下另外三张K就能发现，只有红桃K上的人物上唇没有胡子，这是因为最早刻像时，工匠不小心给上唇的胡子刮掉了……"

我必须得感谢我爸，小时候陪我玩扑克的时候，顺便给我普及了一下扑克上的人物知识。人生往往就是这样，艺多不压人，指不定什么时候就能派上用场。可扑克上一共只有十二个人物，不一会儿我就全讲完了。高迪娜听得十分认真，不时点点头，好像还挺感兴趣，有点意犹未尽的意思。又盯着另一边墙上的麻将图案问我："那你知道麻将里从一万到九万，为什么只有伍万是大写的吗？"

我一时语塞，不由得又开始埋怨我爸，他怎么就不会打麻将呢！不过，事后我仔细琢磨了一下，觉得其实这样也好，可别让高迪娜误会我是个沉迷于打牌搓麻的赌徒。

扑克上的那十二个人物帮我和高迪娜解除了陌生感，高迪娜也慢慢打开了话匣子。她比较健谈，能主动发起话题，这倒让我轻松了不少。总的来说，那次相亲很成功，我和高迪娜聊了将近两个小时，她还要了我的QQ号，只是在分别的时候出了个小插曲。

从咖啡厅里出来时，雨已经停了，我送她到公交车站，不一会儿，一辆13路缓缓停靠在站台。

"我上车了，再见。"高迪娜轻声说道，她并没有马上往车门的方向走，而是驻足在原地等待着什么。

没错，她在等待我的回应。我理应回她一声"再见"。可是，我的职业造成了我从没有说"再见"的习惯。我呆立在那里不知所措，高迪娜误以为我走神儿了，又大声说了一遍："我该上车了，再见。"

我迟疑了片刻，才想到可以用使劲儿挥手来代替说再见。高迪娜怔了一下，公交车即将关闭的车门容不得她多想，她疾走了几步跳上了公交车。

那辆13路开走后，我并没有马上回家，一个人漫步在街头想着心事。雨后的空气总是清新的，也让大脑格外清醒。我知道自己忘了一件很重要的事情，没告诉高迪娜我是一名殡仪馆的火化工，而且我是故意忘记的。后来，在正式通过高迪娜的QQ好友申请之前，我删掉了QQ上一切和工作有关的内容。这个举动完全是下意识的。回头想想真是难以置信，我居然能干出这种事儿来。不过，在那个雨后的黄昏，萦绕在我心头的更多的是甜蜜。

同样高兴的还有肖素兰，两年了，她的儿子相了无数次亲，终于破天荒地有了下文。我人还没到家，她就接到了高迪娜姑姑的电话，知道了相亲结果。为此，晚饭她专门多做了两道我爱吃的菜。这也难怪，她终于可以暂时不用一到周末就往中山公园跑了。

从那以后，我和高迪娜有时间就见面约会，没时间就上网聊QQ，感情逐渐加深，关系也慢慢稳定下来。高迪娜性格很开朗，也发现了我是个闷葫芦。她让我做自己就好，和她在一起时放松心态，不要总担心没话可聊。而且她不怎么问我工作上的事情，这让我非常欣慰。即使偶尔有几次话题中引申到了我的工作，也被我用各种方式含糊过去。我怕惹火烧身，自然也不敢主动和高迪娜聊关于她工作上的事情。我只知道，她在联通公司的一个营业厅站柜台。家境呢，和我差不多，也是单亲家庭。她是她爸一手拉扯大的，在中山公园"相亲大集"上和我妈"接头"的，是她的姑姑。

和高迪娜在一起时，我整个人像打了兴奋剂一样亢奋，唯一别扭的地方是每次分别的时候。无论是QQ聊天结束还是面对面告别，我从不说"再见"。慢慢地，高迪娜也意识到了这一点。有一天晚上，我送她回家，在她家楼下即将分别时，她专门问了我这个问题："我发现你好像不会说'再见'这两个字。"

我当即紧张起来，但万幸的是，我早就料到会有这一天，提前想好了应对的说辞。

"我是觉得，这两个字不怎么吉利，听着总像是'再也见不到'的意思，我可不愿意那样。"

高迪娜嫣然一笑："看不出来你还挺迷信的。"

她脸上洋溢的神情告诉我，她对我的回答很满意。

高迪娜嘱咐了我一句回家路上小心后，蓦地扑过来踮着脚在我脑门儿上飞快地轻吻了一下，她不等我回过神来，就一转身闪进楼洞里。我既惊又喜，目送楼里的感应灯渐次亮起，直到五楼的亮起又灭掉才离开。刚走了没几步，就接到了高迪娜发来的短信，上面写着："我以后和你也不说'再见'了，咱们都不说，永远都不说。"

我重重地叹了口气后，回复了一句："好的。"

我们这个行业是有许多特殊禁忌习惯的，比方说不参加别人的婚礼。发小黑子结婚我就没去现场，而是和高迪娜去电影院看电影。当得知这个情况后，高迪娜问我为什么不去参加婚礼。我一时无言以对，顿了一会儿才信口说道："我想和你在一起。"

"那你也可以让我陪你一起去参加呀。"

我词穷了，又心虚得很，只好顾左右而言他把话题给岔过去。

3

就这样过了半年，我和高迪娜的恋爱越谈越黏糊，彼此都有点分不开的意思。我妈看在眼里，喜在心头，甚至都开始憧憬我结婚以后的事情。我始终有一个苦恼，该怎么和高迪娜说我的实际工作？又该在什么时候说？说完之后她会做何反应？我不敢直面这个问题，更害怕她会不接受我。长这么大，我还从来没对哪个异性动过情。她是我的初恋，我决不能失去她。

那段时间，我手中时常拿着一枚一元钱硬币，没事儿就把它弹向空中，然后再双手捂着接住。我在心里告诉自己，如果是正面朝上，下次见面时一定要对高迪娜坦白；如果是背面朝上，就下下次再说。但每次到最后我都选择了逃避。

可是，这个问题终究是躲不过去的，高迪娜早晚都会知道真相。所以，当那枚硬币又一次以正面朝上的方式躺在我手心里时，我终于痛下决心，下次见面一定要实话实说。

那天，我们约定见面的地点是植物园正门。我老早就到了，却不敢在正门现身，躲在一根电线杆后面偷瞄正门的人来人往。到了约定的时间，高迪娜准时出现。我又开始犹豫了，一直踌躇不前。我还是没有勇气当面告诉高迪娜真相。高迪娜左顾右盼，迟迟见不到我，脸上渐露焦急之色。要知道以往我们约会，总是我先到的。我看她从包里掏出了手机，猜测她应该是准备给我打电话，心里一横，索性决定在电话里向其坦陈一切。

我鼓足了勇气，想着一闭眼、一咬牙就能直接和盘托出的。没承想，电话一接通，我立马就蔫了。

面对高迪娜的追问，我支支吾吾地说不出一个完整的句子，举着手机的手也不住地颤抖着。

"唯一，你怎么啦？是不是出什么事儿啦？你快说呀。"

"我……我……"我嗫嚅着，脑海里突然冒出一个奇怪的想法，何不先试试自己在高迪娜心目中的位置呢！

于是，我顿了顿，慢吞吞地说道："我……我被车撞了。"

"啊！怎么会这样！你现在在哪儿？"

电话里高迪娜的声音明显变了调，还隐约带着哭腔。现实中的高迪娜更是急得手足无措，我马上就后悔了，赶紧跑到她面前报平安。

见到我的那一刻，高迪娜紧蹙的眉头并没有舒展开来。相反，她的脸更阴沉了。不等我开口解释，她扭头就走，转身进到植物园里。我不敢怠慢，立即跟上。高迪娜健步如飞，我亦步亦趋，用几近小跑的速度紧跟在她身后。空气中，夹杂着我们俩逐渐加重的喘息声。

高迪娜最后终于在一个凉亭里坐下来，我小心翼翼地凑到她旁边坐下。她一扭身将后背留给我，我探过头去望了她一眼。她还是紧绷着脸，气鼓鼓的样子。算起来，这还是我们头一回闹别扭。我没有任何应对经验，也不知道该怎么哄她开心。心想着，等会儿她气消了，我再好好解释解释。

等了差不多半个小时，眼见高迪娜宛如一座雕像一般始终纹丝不动，我等不及了，借口自己只是想开个玩笑而已，向其解释起来。可任凭我怎么说，她就是不理我。后来我也没辙了，场面重新恢复沉寂。

又过了半个多小时，高迪娜终于动了，把身子缓缓转向我这边，似有话要说。我注意到，她的眼圈红红的，我有点心疼，也有点忐忑，迫切期待着她要说的话。

"唯一，每次你送我回家，路过那个小广场时，你知道我为什么都要绕着走吗？"

我茫然地摇了摇头。

"我妈是在我5岁那年和我爸离的婚，那段时间他们俩总吵架，我也预感到我妈要离开我们，所以我几乎每天二十四小时都缠着她。我妈走的那天，领我去了那个小广场。她告诉我，她要去给我买我最爱吃的牛奶雪糕，让我站在原地不要动，她买完了就回来。我站在那里等了很久，最后等来了我爸。从那以后，我再也没去过那个小广场，更讨厌别人来骗我，哪怕是开玩笑的那种我也受不了。"

高迪娜悠悠地说着，几乎每一句都让我有扎心的感觉。

"唯一，以后别再和我开那种玩笑了，行吗？"高迪娜最后哽咽着说道。

我诺诺连声，一把将她揽进怀里紧紧地抱住。

这事儿弄得挺拧巴，原打算实话实说的，最后反倒更难以启齿了。

我的心结仍然存在，却并不妨碍我和高迪娜的感情继续升温。2007年"十一"期间,我和她一起去上海、杭州一带旅行。出发的那天早上,我们险些没赶上飞机。当我俩气喘吁吁坐到机舱后,缓了好半天,总算平复了呼吸,我才有时间问她迟到的原因。出乎我意料的是,她早上并没有起晚,只是化妆耽误了时间。我这才了解到,高迪娜每次用在化妆上的时间至少一个小时,而且每天出门前必须化妆,绝不素颜示人。我非常费解,向其追问原因。高迪娜有些神秘地附到我耳边低语道:"晚上你就知道了。"

旋即,高迪娜可能意识到刚才的回答有些暧昧,又再次附在我耳边娇嗔:"可别想歪了哈。"

到了晚上,在酒店的房间里,高迪娜洗澡洗了很长时间才从卫生间里出来。我正躺在床上看电视,高迪娜头顶毛巾身披浴袍凑到我跟前,故意用脸挡住我的视线。

我有点不自在,目光躲躲闪闪的,不太敢正视她。

高迪娜见状正色道:"你快看看我的脸,能发现什么?"

我定睛仔细一瞅,登时就看出了异样。高迪娜的两条眉毛变细了,一高一低,明显不在一条水平线上。

"你的眉毛是怎么回事儿?"

"天生的,小时候不怎么明显,长大后才逐渐变成这样的。"

"你每天化妆大部分时间都在画眉毛?"

"嗯。上初中那会儿,同学给我起了个外号,叫'高低眉'。"

我扑哧一下乐了:"和你的名字挺配套的。"

高迪娜攥起小拳头捶了我胸口一下,我强忍着把笑意憋了回去。

"对了,唯一,我之前做攻略时,看介绍说杭州的雷峰塔里有佛祖髻发舍利,你说头发怎么能成舍利子呢?"高迪娜漫不经心地问道。

"髻发不是头发吧?我也不太清楚,我只知道舍利子其实就是一种钙结石。"我笃定道。

对于这个问题,似乎没有比我们火化工更有发言权的了。逝者骨灰里有像舍利子一样的结晶体,并不是什么罕见的事情。

"不可能吧?如果真是那样的话,那我们普通人死后是不是也可能有舍利子?"

"也许吧,不清楚。"

我忽然意识到这个话题有点危险,故意含糊其辞,马上转移了话题。

那天晚上是我和高迪娜第一次单独同处一室过夜,我们睡在一张大床上，耳鬓厮磨地说了很长时间的悄悄话，却并没有做爱。我惊奇地发现自己在本应该荷尔蒙爆发的情境下，竟能心如止水，零距离接触高迪娜的身体，心中并无任何乱七八糟的杂念。我确信这就是爱情，真正的爱情就应该如此，它是干净的、纯粹的，和性无关，和任何附带条件都没关系。

第二天早晨，当我睁开惺忪的睡眼时，发现高迪娜已经醒了，她并没有起床，正静静地凝望着我的脸。我霎时就清醒了，连忙将身子转向她那边，与她对视起来。

高迪娜伸出一只手轻轻地放到我的脸颊上，颇有些感慨地说道："唯一，你真老实。"

我有点不好意思，脸上不觉发起烧来，一时也想不出该说点什么，只能尴尬地干笑了两声。心里不禁暗自高兴，高迪娜在心里肯定又给我加了不少印象分。

2008年春节前夕，高迪娜告诉我，她爸正式邀请我过年期间到她家做客。我自然是去不得她家的，借故说等她先拜见完我妈再去她家拜访。高迪娜答应得非常痛快，我却无法马上给出一个她到我家来的具体时间。我心里清楚，那件事不能再拖了。可还是先前的那个老问题，我该怎么开这个口？

那年的春节过得比较痛苦，我每天都在思考这个问题。直到元宵节那天，我偶然在一堆旧物中看到过去我给我妈写的信时，才陡然醒悟。

我这个人吧，虽然嘴上不怎么会说，但笔头子还凑合。以前，惹我妈生气了，我当面不好意思说，就用写信的方式承认错误，长此以往，也练就了文笔。眼下，何不用这种方式告诉高迪娜真相呢？

打定主意后，信很快就写完了，在信里我还告诉高迪娜，我想好了，如果她心里真的排斥我的工作，我就从殡仪馆辞职，重新找一份工作，不要那个事业编了。

但是，我又犯了老毛病。在何时把信交给高迪娜的问题上，我犹豫不决。那封信一直锁在写字台的抽屉里，到最后也没能交到高迪娜手上。

事情的败露非常偶然，或许也是对我当断不断的一种惩罚。2008年4月末的一天上午，我干完第三个活儿后到车间门口喊家属领骨灰，没有人回应我。我只好自己推着骨灰到休息厅找家属，岂料，逝者正是高迪娜的姑父。我和高迪娜不可避免地相遇了，见到她的那一瞬间，我呆若木鸡，大脑一片空白，连她什么时候离开的都不知道。

当天下午，我到她单位找她，没见到人。晚上，又到她家楼下等她，也无果。其间给她打过无数个电话，全被拒接，而且她在QQ上把我拉黑了。

我不甘心，一连几天到她单位找她，到她家楼下等她，始终没见到高迪娜。我后来才得知，高迪娜休了年假，报了个旅游团到南方旅行去了。她的那次旅行因为一个意外，被无限延长了。高迪娜的人生连同我的人生也由此发生了改变。

5月12日那天，旅游团行至都江堰，下午将近两点半，震惊中外的"汶川大地震"发生了。所幸旅游团没事儿，却被滞留在四川半个多月。高迪娜后来的丈夫也在旅游团里，可以想见，后来当我知道这个情况时的懊恼和悔恨。

我最后一次见到活着的高迪娜是在她家楼下，她只对我说了一句话："以后别再来找我了。再见！"

当我再次见到高迪娜时，是八年后的2016年，她已经变成一具冰冷的遗体。

起初，我并没有注意到A86里的遗体是高迪娜。那天，冷藏组的朱强喊我帮他抬一具遗体到解剖室，等待法医过来解剖。拉开冷藏柜后，要先确认冷藏卡上的信息。上面的文字令我心头一颤，随后我生平第一次出现抬遗体手发抖的情况。遗体抬到解剖室后，朱强当即解开了尸袋。我看到了自己最不愿意看到的一幕。

高迪娜是在生孩子时难产去世的，孩子也没保住。她丈夫认为是医疗事故，和医院打官司。遗体在正式解剖前，要提前从冷藏柜里抬出来化冻三天。在那三天里，我一有空儿就去解剖室看高迪娜，并且长时间地在那里停留。高迪娜静静地躺在解剖台上，还是像以前那么漂亮，纵然素面朝天，纵然高低眉，纵然面色苍白，纵然左脸不知何故有一块一元硬币大小的擦伤。我始终觉得，她只是睡着了。我本就有一肚子心里话，终于有了倾诉的机会。

我的反常表现，自然招来了诸多非议。为此，领导专门找我谈话。我也不隐瞒，直接说明原因，然后仍旧我行我素。就这样，我和A86的特殊关系成了殡仪馆里人尽皆知的事情。法医来过之后，高迪娜重新躺进A86里。这一躺就是三年多，她感知不到外面的四季变化，终日被恒定在零下13摄氏度的环境里。我再也没机会与其面对面，能做的唯有经常不厌其烦地叮嘱每一位冷藏组的同事，巡库时对A86多留心。再就是倒库时，由我亲自搬抬高迪娜的遗体。

现如今，如果高迪娜的家属30天内不来认领遗体，她就会被再次解剖，然后和其他未知名遗体一起被火化掉。那样太残酷了，我无论如何都接受不了。我想好了，我要去找她的家人，我要让她像正常人一样有尊严地离开这个世界。

4

老卢干完活儿后回来了,他还买了猪头肉,强烈要求和我把中午中断的酒局接着续上。我没什么心情,帮他把小卢推回去后就回家了。

自从十年前我妈去世后,我就一个人生活。家里的布局一直和我妈在世时完全一样。客厅的墙上,挂着一张我妈年轻时的照片。照片里的她,穿着灰色的粗布衣服,梳着两条及腰的麻花长辫,两个脸颊胖嘟嘟地泛着红光,犹如挂着两个红苹果。听我妈说,那时她刚刚结束下乡被抽调回城,几乎所有和她同期返城的女知青都是这种装扮和面容。我妈最喜欢这张照片,生前没事儿就愿意盯着它追忆青葱岁月。这些年,只要想我妈了,我也总是习惯在照片前驻足。

仔细想想,自己真是不孝,我妈生前最挂心我的婚事。她生前没能看到我结婚的那一天,去世后我也没能遂了她的心愿。我在前面提到过,在为我物色对象的初期,我妈有让我在殡仪馆里内部解决的想法,却苦于没有合适的人选。没有合适的不代表没有中意的,我妈特别得意汪洁。

汪洁比我大两岁,1998年从民政学校毕业后,被分配到双海殡仪馆业务科化妆组工作，成了我妈的徒弟。她在业务上很有上进心，我妈经常让她到家里来专门给她开小灶，我也没少给她们当化妆模特。我那时还是个职高学生，面对汪洁这种"社会人"，还得叫一声"汪姐"。汪洁刚到殡仪馆工作那会儿有男朋友，是她家邻居，两人算是青梅竹马。这也是我妈一直不敢有"非分之想"的原因。

几乎在我失恋的同时，汪洁的男朋友也和她分了手。于是，我妈的心思又开始活泛起来，她急不可耐地告诉我她想撮合我和汪洁，全然不顾我当时萎靡的状态和极度消沉的意志。

我当即反对："她比我大两岁。"

"这不算事儿，我还比你爸大半岁呢！大有大的好处，会心疼人，这一点妈最放心。"

"她属羊，不是说十羊九不全吗！"话一脱口，我就后悔了。我妈也属羊，我爸去世得又早，我妈平时格外忌讳这个话题。

我妈脸一沉，一句多余的话没说，转身回到她自己屋里，震耳的摔门声仿佛一记重重的铁锤直击我的心脏。我自知理亏，无奈之下，只好故伎重施，用写信的方式郑重道歉。

我妈生气归生气，很快就把想法付诸行动。那阵子，汪洁情绪特别低落，时常借酒浇愁。我妈就借口说女孩子在外面喝酒不安全，让她到我家来喝。

在传统认知里，酒精具有消毒的功能，故喝酒对火化工和化妆师来讲，属于职业需要，几乎所有的火化工和化妆师都有喝酒的习惯。我就比较能喝，我妈和汪洁的酒量也不差，她俩以前就经常在一起对饮。

我心里明白，我妈此举是想一箭双雕。只要汪洁一来我家喝酒，我就借故躲出去。多半是去老卢家，让他陪我喝闷酒。

那天晚上，我在老卢家喝得有点多，也有点晚。都11点多了，我才迈着虚浮的脚步回到家中，一进门，就看到汪洁一个人趴在客厅的餐桌上自言自语。以前她也不是没在我家喝醉过，她人长得比较壮实，我妈一个人扶不动她，每次都是我把她抱到我妈那屋。

当我跌跌撞撞地走到她跟前时，感觉身上已经没劲儿了，只好拉过她身旁的椅子坐下来。汪洁闻声抬起头来，用迷离的眼神定定地望着我，旋即大着舌头说道："师……傅，你尿尿怎么尿了这……这长久，我……我都等着急了。我心里有好多话想和你说……"

汪洁说着说着就开始呜咽起来，并且顺势一头倒进我怀里。我事先没有思想准备，猛的一下差点从椅子上滑下来，只能凭下意识用两个脚掌奋力撑住地面，才勉强调整好身姿接住她的上半身。

"师傅，你知道他是怎么和我说的吗？他说他在我面前感觉自己不是个男人，说我身上阴气重，他硬不起来。去你妈的，嫌弃我你早说呀！"

这话着实伤人，我听着特别有感触，随手抓过面前的半瓶啤酒，对瓶一饮而尽。之后的事情，我就完全没有印象了。第二天早上，我和汪洁几乎在同一时间苏醒，我们惊讶地发现我俩居然以互相搂抱的姿势，和衣睡在客厅的沙发上。我妈不知道什么时候已经站在沙发前了，用意味深长的眼神盯着我们俩。

这个场面略显俗套，更应该出现在小说或者影视剧里，却真实地发生在我身上。我妈借坡下驴，逼我就范。我确信和汪洁没发生实质上的接触，自然不肯答应。我们娘儿俩当着汪洁的面儿爆发了激烈的争吵。

然而，当我妈把一张化验报告单拍到我面前时，我沉默了。困扰她多年的肝硬化已经转成了肝癌，医生预计生存期至多不超过半年。我很自责，恨自己太粗心，没注意到近一年来，她的脸色越来越黄，彻底成了一个黄脸婆。她的胃口也比以前差了不少,常常一顿饭吃个一两口就饱了。

汪洁也哭成了泪人,嘴上一个劲儿地喃喃道:"师傅,我对不起你,你都这样了我还总让你陪我喝酒。"

我和汪洁最终选择了成全我妈,其实我和汪洁的关系一直都挺好的,只不过,是那种姐姐和弟弟之间的好。她在殡仪馆里特别照顾我,很长一段时间里,她都以我的保护人自居。其实大可不必,凭着我妈我爸在馆里的人缘,上上下下对我都还不错。只有一个人例外,他就是王冲,他比我早两个月来到火化组工作,因为不服气我一进来就有事业编,在工作中多次给我使绊子。我一直选择忍让,避免与其产生正面冲突。

有一次,汪洁不知道从哪里听说了这个情况,气势汹汹冲进我们火化车间,随手抄起一个钩骨灰用的铁钩子,指着王冲的鼻子咆哮道:"小子,你如果也死爹病妈,我就把我的编制给你。否则,少他妈的在这儿给我装大爷。我告诉你,你要是再敢欺负初唯一,我就把你扔炉子里去。"

这事儿一直让我挺感动的,王冲也老实了,再没找过我的麻烦。可是,让我和汪洁以男女朋友的身份相处,我一时半会儿还真就别不过那个劲儿来。不仅如此,原先我和她在一起时特别自然、随意。转变关系后反倒生分了,至少我是如此，对她客气得像对待刚认识的人一样。汪洁对我的态度倒是和先前没什么变化，似乎比之前更好了。她进入状态也比我快，每天下班后，都和我一起回家，帮我妈干干这个忙忙那个，晚饭和我们一起吃，俨然已是我家的一分子。

5

殡仪馆的常规下班时间是下午3点，火化工一般只忙一个上午，下午留一个人值班。没什么别的事，不用值班的中午就可以走了。我去联系高迪娜的家人，只能选择下午。

第二天上午，即使我心情急切，也得先把本职工作做好。按部就班地干完前三个活儿后，第四位逝者的遗体却迟迟不见司仪推过来。其他几台炉都熄火了，只有我的三号炉还处在开启状态。我特意去查了一下计划，第四位逝者是一位30岁的小伙子，负责主持遗体告别仪式的司仪是唐莉。

由于抬逝者进炉时一般需要两个人，组长安排王冲留下陪我一起等。我俩等了一会儿，王冲有点不耐烦，说到外边看看到底什么情况，也离开了，车间里只剩我一个人在大口大口地喝矿泉水。不一会儿，王冲回来了，一见我就垂头丧气地嚷嚷道："咱俩这把有得等啦！"

我忙问:"怎么啦?"

王冲没好气地说道:"还不是那个唐莉,没事儿净给自己找麻烦,连带着咱们跟着一块遭殃。逝者有个4岁的女儿,家里的老人不让孩子参加葬礼,但逝者妻子希望女儿参加,唐莉帮逝者妻子把孩子带到现场来了。人家家属能不和她急吗?现在正在那儿吵得不可开交呢。"

我立即拔脚就走。我隐隐有点担心唐莉,迫切地想到现场看看情况。唐莉和汪洁出自同一所民政学校,比汪洁小十届,算是汪洁的学妹。她俩进殡仪馆工作的时间也正好相差十年,这十年的距离有编制上的不同,更有理念上的差异。唐莉拥有比前辈们更先进更超前的丧葬观念,故她进馆后就成为一股清流。这些年来,她想改变的东西不少,遇到的阻力很大,收效十分有限。她还动不动就被停职反省,好在她是个乐天派,简直可以说是"小强"附体,不仅初心不改,还越挫越勇。

当我来到告别厅时,里面已经乱作一团。一群人把唐莉和我们科长老黄围在中间,为首的那个老太太的尖下巴正在剧烈地起伏着。

"谁给你们的权力!你们跟谁打招呼了,就把孩子领到这儿来!给孩子造成一辈子的心理阴影你们谁能负得起这个责任!"

"我能理解您的心情，但是我觉得，咱们中国欠缺的就是这种死亡教育，况且……"唐莉像连珠炮一样争辩道，却仍然被老太太打断了话头。

"我不是来听你上课的，我要投诉你们，还要起诉你们……"

就在这时，从老太太身旁斜刺里杀出一个40岁左右的汉子，抡起拳头就朝唐莉挥去。老黄侦察兵出身，反应非常快，一挺身挡在唐莉身前，替她挨了这一拳。老黄的一只眼睛当即被打成了乌眼青，按说凭老黄的一身功夫，躲过这拳本不是问题。可他每次面对冲动的家属动粗，都选择不躲不还手，总想着只要家属的情绪发泄出来了，问题就好解决了。

眼下，打是挨了，问题却并没有马上得到解决。那个老太太和打人的汉子不依不饶，坚持让唐莉跪在逝者面前磕三个响头才算完事。老黄和唐莉自然不能答应这个无理要求，一直耐心地做解释。僵持到最后，还是我们馆长亲自出面向家属道歉才平息了事端，唐莉毫无悬念地再一次被停职，又被"流放"到服务大厅。

下班路过服务大厅时，看到唐莉一个人落寞地坐在门口的台阶上发呆。我走过去，挨着她坐下来。我想安慰一下她，却不知道该怎么说，过了好半天才说道："那个孩子长大后应该会感谢你的。"

唐莉侧头望了我一眼，露出一丝苦笑。一阵微风吹过，吹乱了她额头上的碎发，她伸手轻轻地拢了一拢头发。

"唯一哥，问你个问题。你说什么是真正的死亡？"

这个问题有点大，我一时想不出答案。见我没言语，唐莉不疾不徐地接着说："一个人真正的死亡既不是心跳的停止，也不是肉体的消失，而是在这个世界上没有人再挂念他了。"

唐莉的嘴巴暂时停止了开合，似乎是给我一点时间，让我好好体味她的这句话，过了片刻才又说道："所以说，我们为什么总要流着眼泪参加葬礼呢？殡仪馆就注定只能是一个承载悲伤的地方吗？我们的殡葬改革喊了那么多年，难道只是把'火葬场'改称'殡仪馆'，把'丧户'改称'家属'这些称谓上的表面工作吗？我知道，很多人私底下说我喜欢标新立异，喜欢出风头，就是为了能转成事业编。其实我真的不在乎那玩意儿，人活着的时候无论多风光，到最后还不是都一样，都只是一捧骨灰吗！"

唐莉的这些疑问，我不知道该如何作答，我自己也改变不了什么，我只知道，她的很多想法我都是认同的。这种认同，早在十年前，她主持肖素兰的人生告别会时就有了。

正如医生预计的那样，我妈在肝癌确诊后的第五个月就离开了人世。2009年3月7日上午8点，肖素兰的人生告别会在殡仪馆一号告别厅举行，几乎殡仪馆所有的工作人员都来到现场为我妈送行。这是双海殡仪馆有史以来第一次举行人生告别会，唐莉为此做了特别的策划。现场的布置与常规的遗体告别仪式完全不同，有点像婚礼现场，却又不失庄重肃穆。礼台中央的大LED屏不断切换着我妈不同时期的照片，台下的思念墙上，写满了大家对她的追忆和悼念。

伴随着王菲的《天空》，我亲自推着我妈的遗体缓缓步入告别厅。

"美丽的肖素兰老师，宛如星空中划过的一道璀璨之星，静静地闪烁，无论她在哪里，都在我们心里。"唐莉手持话筒站在礼台一侧动情地说道。

穿过两排白色栀子花组成的路引，我轻轻地将装着我妈遗体的卫生棺推进礼台正前方的围棺里。我妈安详地躺在卫生棺里，仿佛睡着了一样，她的脸色不再泛黄，终于恢复了久违了的红润。汪洁为此站了整整两个小时，如果我妈在天有灵，一定很欣慰，她最得意的徒弟早已青出于蓝，成为业界翘楚。

唐莉借用我妈的人生告别会，让在场的很多人恍然大悟，原来遗体告别仪式还可以这样搞，也在我心底留下了难以磨灭的印记。事后很多年，每当我再次回忆当时的情景时，丝毫不觉得痛苦，更多的感触是欣慰和满足。

在告别会的最后，唐莉说："此刻，让我们所有人双手合十，闭上双眼，为我们的肖素兰老师深深祈福。让我们道一声：'肖素兰老师，谢谢您，谢谢您这一生的陪伴。'"

随后，我走上前亲自打开围棺，我要带妈妈走了，去我每天工作的地方。从告别厅到火化车间这段路并不长，我和妈妈却仿佛走了一个世纪。

接下来的场景和电影《入殓师》里的一个场景非常相似，我的手悬在半空中良久，才一咬牙把头扭向一边，重重地按下火化炉的启动按钮。我全程都没有流眼泪，正如《入殓师》里的那个老年火化工所言："这里就是一扇门，我就是个看门的。"

我们所有人的最终结局都是到门的那一边去。

6

高迪娜家属留给殡仪馆的电话，是她丈夫的手机号，现在已经成了空号。按照相关规定，只有直系亲属可以认领遗体,高迪娜的直系亲属有两个,她丈夫是一个,另一个是她爸。下午,我专程去了一趟高迪娜家,并没有见到她爸,她家外租给了一对外地的小夫妻居住。我又辗转打听了好多人,最终在第二人民医院的一个病房里见到了已呈植物人状态的高迪娜爸爸。据高迪娜的姑姑说,高迪娜的爸爸在高迪娜去世后便一病不起,高迪娜的医疗官司前年就宣判了,医院被判无责。高迪娜的丈夫早和他们没有了往来和联系。在得知我的来意后,高迪娜的姑姑答应帮忙联系高迪娜的丈夫。

我离开病房后刚走出去没多远,高迪娜的姑姑又追了出来。

"小初,谢谢你。"

我轻轻地摇了摇头。

"其实,小娜曾和我说过,她并不在乎你的工作,她真正在乎的是你骗了她。"

我还是没吭声,时间在缄默中渐渐凝固。

"只可惜,她后来还是遇到了骗子。"

我有些不解,忙追问道:"骗子?"

原来,高迪娜的丈夫在婚前故意隐瞒了自己有生育问题,二人婚后一直要不上孩子。高迪娜接连做了四次试管婴儿后才成功怀孕，最终却在生产时不幸离世。

我心里堵得难受，从医院离开后直接去了老卢家，正赶上小卢闹绝食，老卢正哄着他吃晚饭。

事情的起因是，下午的时候老卢突然心血来潮，给小卢看了古利特如今的模样。小卢在老卢的手机里看到了一个脸上写满沧桑的秃顶老头，旋即小宇宙就爆发了。

我去到以后也帮不上忙，只能坐到一旁静观事态发展。

任凭老卢如何劝说，小卢始终双唇紧闭，闭着眼睛半倚在床头，一副生无可恋的样子。

"儿啊，哪有你这么不讲理的。你说你偶像和我岁数都差不多，凭啥许我老成蔫茄子，他就必须得保持年轻。你仔细瞅瞅，你爹我可比人家老多了。"

老卢一手拿着筷子一手端着饭碗，在床前边踱步边语重心长地劝说。

"儿啊，你说良心话，你爹我这辈子是不是被你给毁了。想当年，你爹那可是全镇首富，整天过着神仙的日子，打牌搓麻泡妞，烫卷头发穿喇叭裤跳霹雳舞。你再看看我现在，要说绝食，我是不是比你更有资格绝食！"

小卢的表情稍稍有些松动，牙关咬得不那么紧了，老卢不失时机地把饭送到小卢嘴边，小卢慢慢张开了嘴巴。

"这就对了嘛。"老卢笑嘻嘻地说道，还不忘回头得意地冲我说了一句，"看吧，我儿啥都明白。"

刚认识老卢时，殡仪馆的很多人都抱着同情或者说可怜的心态看待老卢父子，也包括我在内。后来接触时间长了，我们发现，老卢这个人不仅乐观开朗，也远比我们想象的坚强，大家都佩服他。

得知我眼下正在做的事情后，老卢十分支持我，一再劝我放宽心，放下思想包袱。话题自然而然地聊到我的个人问题上。

"小初，你想没想过你为啥一直单着？"

我摇了摇头，等着他的下文。

老卢故意卖了一下关子，先不紧不慢地滋溜了一口小烧，又夹了一粒花生米送到嘴里慢慢嚼着，嚼了好半天才又说道："要我说呀，你就是名字没起好。你想啊，'初'是啥意思？就是一呀，你后面还加了个唯一，你不单着谁单着。你说对不？"

我扑哧一下乐了，他劝人很有一套，和他喝了一顿酒后，我原本萎靡的心情总算舒展开来。

从目前的情况看，高迪娜的爸爸肯定是指望不上了，她丈夫倒是有很大可能性会配合我。毕竟他一直躲着不肯露面，主要是因为那笔不菲的停尸费用。现在有人替他出这笔钱，他没有任何理由拒绝。我粗略算了一下，三年多的停尸费用十万左右，这对我来说不算什么。

7

任何职业干长了都容易产生懈怠情绪，殡葬行业却不能有一丝一毫的懈怠。我第一天到殡仪馆工作之前，我妈特别嘱咐过我："记住，无论任何时候都要对工作和逝者保持一颗敬畏的心。"

多年来，我始终没敢忘记这句话，一直坚持用最饱满的精神状态对待自己的工作。我的同事们也是如此，记得有一年，我和王冲被评为民政系统的先进个人，开表彰大会时，马上就要上台领奖了，却意外地在台下提前收到了奖状，并且被告知，领导嫌我俩不"吉利"，就不必上台了。王冲气得当场质问："你们活着的时候可以人五人六的，死后的尊严是谁给的？还不是我们！而我们难道就没有尊严吗！"

王冲说出了所有殡葬行业从业者的心声，在日常生活中，绝大多数人都对我们敬而远之，唯恐躲闪不及。我们受歧视是常态化的事情，好在时间长了，大家也习惯了，心情郁闷了，就回家看一遍电影《入殓师》，然后告诉自己，我们所从事的是天底下最伟大、最高尚的职业。

唐莉很快就满血复活了，她在服务大厅专门负责接咨询电话，在电话里扮演知心人的角色为家属解答疑问、排遣心结。这些年来，她总被停职，在司仪和咨询岗位上来回切换。必须得承认，这两个岗位她做得都非常好，以至于馆里的领导曾有过把她固定在咨询岗位上的想法。有同事和她开玩笑说："你入错行了，你要是做婚礼主持，或者心理医生，早就火了。"

那天上午，我的活儿结束得早，老黄临时派我去服务大厅找唐莉当救兵。

"……据统计，两位老人中如果一位去世了，另一位在一年内去世的概率为17%，所以你们儿女在最近这一年里一定要多关心老人……"

唐莉讲得十分投入，我都来到她身旁了，还浑然不觉。我只得耐心地等待她放下电话后，才向她告知来意。

在当天举行葬礼的逝者中，有一位5岁的小男孩儿。小男孩儿的父母偶然听说我们殡仪馆能为逝者举办人生告别会，就临时提出了想要办一场的请求。逝者为大，即使时间紧迫，我们也必须尽全力满足家属的要求。于是，唐莉被暂时"特赦"回到司仪岗位上，我们这些手头上没活儿的工作人员也全都行动起来，一起协助唐莉。在我们的团结协作下任务最终圆满地完成了。

末了，小男孩儿的父母又提出了一个请求，他们希望孩子火化完之后出来的骨灰能多一些，他们会请人将骨灰做成晶石，以便留念。小孩子骨骼没有完全发育，火化之后的骨灰量一般非常少。当然，对于一名优秀的火化工来说，这是一个可控的事情。老黄经过一番思量后，决定把这个任务交给我。

这项工作并不需要太高深的技法，需要的只是耐心和责任心。我把引风和鼓风开到最低，时刻注意炉膛里的情况，不时用铁钩探进炉膛，将骨身拨到离火枪口远一点的地方。一个小时后，半盘骨灰呈到家属面前。我心里特别有成就感，整个人却几乎虚脱了，一屁股瘫坐到车间门口，地上很快就被我身上的汗水洇湿了一大片。

那天很累，下班时已是下午两点。我的心情却不错，中午的时候，高迪娜的姑姑给我打来电话，说已经联系上高迪娜丈夫了，他人目前在外地，过两天就回双海协助我办理相关的手续。

来到办公楼外时，我看到老卢从一辆接送遗体的车上下来。有些反常的是，老卢下车后一个人背上了黄色的纸棺。按常规，应该是两个人一前一后一起抬棺才对。旁边有人要和老卢一起抬，被老卢拒绝了。

我疑惑地伫立在原地，望着老卢拖着沉重的步伐一步一步向我走来。他本就不高，在纸棺的衬托下似乎更渺小了。我以前不是没看过他抬遗体，但从来没见过他现在这副神情。他的眼神十分空洞，整个人像被什么东西给掏空了似的，简直就是一具没有灵魂的行尸走肉。老卢像是有千斤重负压在后背上，走得极其缓慢，从我身旁经过时，他就像没看见我一样直接与我擦身而过。

我忍不住喊了一声："老卢！"

老卢闻声停下脚步，缓缓转过身来，愣怔道："我儿。"

那天早上，老卢带小卢去看海。回来的路上，一辆失控的大货车侧翻，将老卢父子乘坐的出租车后半部分直接碾压，坐在后座上的小卢当场殒命。

惨烈的事故造成小卢的遗体严重变形，化妆整形工作难度极大。汪洁亲自上阵，从葬礼前一天半夜11点就提前开始工作，清洁消毒、填充缺失、皮下缝合、上妆定型，一整套流程全部进行完，已是早上6点。

当汪洁推着小卢的遗体从化妆室里出来时，众人惊呆了。小卢又恢复了往日的面容，除了不能呼吸外，他看起来和平时没有什么两样。老卢簌簌地掉着眼泪，这还是我第一次看见他哭的样子。他用手胡乱抹了一把脸上的泪水后，径直走到汪洁面前扑通跪下，嘴上不住地说着"谢谢"，接连给汪洁磕了三个头才起身回到小卢的遗体旁。

老卢喃喃地说着："我儿头发乱了，我要给他重新梳。"

随后，他用颤抖的双手逐一解开小卢头上的辫子，又逐一认真地重新编好。在场的没有一个人上前帮忙，大家都静静地站在一边，共同见证一位父亲对儿子最后的告别。

老卢婉拒了殡仪馆要为小卢举行人生告别会的提议，捡完小卢的骨灰后，捧着骨灰盒就离开了。我想送送他，也被他婉拒了。我只好远远地望着老卢踽踽独行的背影慢慢消失在视线里。

老卢再没来过殡仪馆，彻底告别了背尸人这个行当。全部处理完事故后续的一些事情后，老卢带着小卢的骨灰离开了双海。他在火车上给我发来了微信语音。

"唯一，我走了，和我儿一起回老家去。"

"今后有什么打算？"我问。

"打牌搓麻泡妞，烫卷头发穿喇叭裤跳霹雳舞。"

我回复："多保重。"

"你也一样。"他最后说道。

8

高迪娜的丈夫总算现身了,相关的认领手续全部办完之后,高迪娜可以免遭再次被解剖的命运了,我一直悬着的心也终于能放下了。但是还有一个问题,我深知高迪娜生前对化妆非常重视,眼下,我应该尽自己最大努力让她以最好的容妆离开这个世界,能做到这一点的人,无疑只有汪洁。这看起来很难,我算了一下化妆组的排班,高迪娜遗体火化那天,汪洁正好休息。况且我当年和汪洁分手,很大程度上是因为高迪娜。现在想专门请汪洁为高迪娜化最后的容妆,简直是难上加难。

我妈去世后,汪洁自动接替了她的位置,为我洗衣做饭,把我照顾得妥妥帖帖的。可是,我总觉得我们俩之间差了那么点意思,汪洁对于我来说,不像是爱人,更像是亲人。我经常不自觉地拿汪洁和高迪娜做对比。我也曾很努力地尝试着用恋人的方式对待汪洁,我们一起逛街、K歌、看电影、旅行、拥抱、接吻,我们做着天底下所有情侣都会做的事情,但我始终找不到当初和高迪娜在一起时的那种感觉。

有段时间，我特别痛苦，我想爱上汪洁并且希望自己能真正爱上她，但我又无法欺骗自己。我妈的去世，不仅让我和汪洁的婚期推后了一年，也让我对和汪洁结婚这件事失去了动力。一年的丧期，更是给我了足够的缓冲期来冷静自己的大脑。

一年后，当我和汪洁的婚期已近在眼前时，我知道自己不能再犹豫了，是时候告诉汪洁我内心的真实想法了。然而，像当初面对高迪娜时一样，我不知道如何张这个嘴。

思量再三，我最后决定拿出自己的看家本领：写信。在信中，我不仅详细讲述了自己这一年来内心的纠结挣扎，也坦承自己始终都忘不了高迪娜。

汪洁每天下班后和我一起回家，我们一起吃完晚饭后她再回到自己家里。我们每天在一起的时间很长，我却没有勇气当面把信交给汪洁，在即将要结婚登记的前一天晚上，我悄悄地把信塞进汪洁的包里。汪洁走后，我随即陷入恐慌之中。凭我对她的了解，看完信之后，她一定会暴跳如雷。那个夜晚平静得出奇，我的手机静悄悄的，始终没迎来汪洁的暴风骤雨，也使我误以为她已经平静地接受了现实。

第二天早上，我和平时一样在5点50分进入办公楼。没等我换好工作服,就被火化组的一众同事强拉硬拽到综合楼三楼的综合办公室。一进去,我就意识到大事不妙。

我们殡仪馆有个传统,凡是"内部通婚"的员工在正式登记之前都要举行一个简短的庆祝仪式。在仪式上,馆长会当众祝福新人,并且亲自将两份结婚介绍信像发奖状一样送到一对新人的手中。

综合办公室里满满当当的全是人,汪洁一袭红衣被几个女同事簇拥着。她事先化了淡妆,一改平日里的严肃,似乎有点难为情,脸上浮现出一丝淡淡的妩媚,一直娇羞地低着头。

"这是怎么回事?莫非汪洁没看到那封信?"我一边思忖着,一边回忆昨晚偷偷放信时的情形。

"放在包里显眼的位置上就好了。"

可是,现在后悔已经来不及了。在一阵起哄声中,我和汪洁被推到了屋中央。馆长简单说了两句寄语后,就开始发"奖状"。他把两张"奖状"同时递到我和汪洁面前,汪洁道谢后接了过去,而我像个木偶一样没有任何反应。

"小初是高兴得都傻了吧。"馆长笑着调侃道。大家伙儿也跟着一起哄笑。

"小初,别愣着了,赶紧接着吧。"馆长又大声命令道。

我还是没动，大家伙儿终于发现了异常，屋子里逐渐安静下来。这种静十分折磨人，我不由自主地产生了想要逃离的冲动。

"你到底怎么啦，小初？"

面对馆长的一再追问，我支支吾吾了半天，最后才嗫嚅着说："我……我……我不能……不能结这个婚。"

我是低着头面向地面说完这句话的。我不敢看汪洁的眼睛，但她马上就明白了我的意思，随即夺门而出。

这些年来，汪洁和我一样，一直单身。我心里特别内疚，却一直没机会向她道歉。对于眼下的这个难题，我想过麻烦老黄或者馆长亲自去做汪洁的工作。可转念一想，又觉得不可行，以汪洁的烈性，脾气上来了，谁的面子都不给，而且这样容易激起她的逆反心理，弄巧成拙。我还想过让唐莉替我做说客，她口才好，和汪洁的关系也不错。我和唐莉说了这个想法，她没同意，说解铃还须系铃人，还是我自己当面和汪洁说比较好。

唉！我要有这个本事，当初就不会失去高迪娜了。对于我的无奈，唐莉也十分同情，她帮我想了个办法。她分析说汪洁当年是在同事们面前丢了大面子，我如今有求于人家，就应该先把汪洁当年掉在地上的面子捡起来。唐莉建议我精心准备一下，然后当着全体同事的面儿向汪洁求一次婚，汪洁当众拒绝我了，面子也就找回来了。不过，这个事得提前和汪洁打好招呼，不然的话，求婚现场没有当事人就糗大了。

我觉得这个主意甚好，只要汪洁肯给高迪娜化妆，让我干什么我都没二话。

9

翌日是我的休息日，我照常一大早就来到殡仪馆。惴惴不安地来到化妆室门口时，汪洁已经穿上了一次性隔离衣，正在里面指导几个下属化妆。

我只好驻足等待，想等她一会儿忙完了就硬着头皮和她说我的请求。我提前打好了腹稿，并且在心里背诵了无数遍。

汪洁在工作时非常像我妈，有些严厉，又不失耐心。

"跟你说过多少遍了，底妆一定要薄施，一点点找……"

"逝者面部有擦伤，皮肤就容易皮革样化，一般的油彩是上不住的……"

"这种心脑血管疾病造成的面色暗紫，不容易通过化妆来改善，最好的办法是用穿刺针抽逝者心房的鲜血，赶紧去征求一下家属的意见……"

望着汪洁不停地穿梭在各具遗体之间，我恍惚间仿佛又看到了我妈，又回到了我妈手把手教她，我给她俩当化妆模特的那些日子。我完全沉浸在回忆里，连汪洁什么时候离开了化妆室都没发觉。等我带着无限的感慨回过神来，化妆室已经空了。

我完全可以在其他地方找到汪洁，但我并没有那么做。我发现自己的那些腹稿当着汪洁的面是无论如何都说不出口的，倒不如落实到纸面上来得从容。

于是，我又写了一封很长的信，足足用了十页稿纸，拜托唐莉转交给了汪洁。几乎忘了一个晚上，终于等来了唐莉的回话，汪洁同意了。我顿时心花怒放，当即央求唐莉帮我操办求婚仪式，虽然是假的，但为了表示我的诚意，一切都要按照真的来操作。

求婚仪式定在高迪娜火化的前一天早上，地点在殡仪馆正门前的小广场上，唐莉和我一起布置的现场。我特意穿了一身黑色的西装，干活儿时在地上反复蹲起不是很舒服。我和唐莉用玫瑰花瓣摆了一个大圆圈，圆圈中央是用九十九捧红玫瑰摆出的一个心形，在心形下面是两百根蜡烛拼成的

"嫁给我"。我俩忙活的过程中，不断有人上前围观。

全部准备妥当后，该去叫当事人汪洁和同事们来观礼了。唐莉却让我预演一遍，先拿她练练手。她事先替我写了一个简短的求婚词，还专门准备了一个扩音喇叭。这个求婚仪式完全是按照唐莉个人的喜好策划的，她现在突然又提出这个要求，让我有些哭笑不得。

"你这不是让我练手，明明是你自己过干瘾。"我笑着说。

"怎么？过过瘾还不行啊。"她俏皮地冲我撇了撇嘴。

"不行。"我嬉笑着回答道。

"哼，真没劲。"唐莉一甩手叫人去了。

我手里拿着扩音喇叭来回踱步，额头微微有些出汗，有一点点紧张，好在围观的人不多。可一会儿就不一样了，但不管怎么样我都豁出去了。

岂料，少顷，只有唐莉一个人返回。

我的心又开始七上八下起来，不等她走近，就大声问："怎么回事？"

"汪姐说求婚取消了，但是她答应帮你的忙。"

我松了一口气，可还是一头雾水，一时想不明白汪洁这么做的用意。

这时唐莉已经走到我面前，她显然看出了我的心思，说道："可能她只是想看一看你的诚意，或者只是想折腾一下你吧。"

我苦笑了一下，没吭声。然后，我俩又蹲下来开始收拾地上的东西。唐莉又随口说道："想想也是，哪有在殡仪馆求婚的。"

话音刚落，一个掷地有声的男高音在我们身后骤然响起。

"有的。"

我和唐莉都吓了一跳，下意识地回过头。只见说话的是一个人高马大的小伙子，小伙子看起来三十岁左右，长得斯斯文文的，脸挺白净，走起路来虎虎生风。他径直来到唐莉面前，唐莉一脸茫然地缓缓起身。

"你好，唐莉，我是路中航。"

唐莉愣了一下，旋即似乎想起了什么，但仍用懵懂的眼神望着那个名叫路中航的小伙子。

路中航转脸对我说道："大哥，你这套东西借我用一下。"

说完之后，也不等我回答，他直接过去捡起地上的扩音喇叭和一捧红玫瑰，然后重新走到唐莉面前，单膝跪地，举着扩音喇叭开始了深情告白。

我渐渐理清了头绪，三年前，路中航的父亲去世，办理丧事的过程中，路中航通过咨询电话遇到了唐莉。正是唐莉循循善诱的开导，让悲痛欲绝的路中航慢慢走出了人生最低谷。同时，他也爱上了唐莉。

"……曾经无数次，我偷偷来到你工作的地方，只为看你一眼；曾经无数次，我借故心情抑郁拨通你的电话，只为听到你的声音。现在，我终于鼓足了勇气，我要对你说：我爱你，请嫁给我吧。"

唐莉惊得合不拢嘴巴，半晌，才露出了羞涩的一笑。围观的人里不知道是谁喊了一声："嫁给他！"接着越来越多的人跟着一块喊："嫁给他！"

我也被这种热烈的氛围深深地感染了，不过，我心里更多的是感慨。我羡慕路中航在关键时刻不怯场，不打草稿也能侃侃而谈。反观我自己，唐莉替我写的求婚词没几句话，我即使照着稿念也是磕磕巴巴的。

唐莉在感动之余保持了理性，没有贸然答应路中航的求婚。但也没拒绝，她答应二人可以先处着看看。我俩一起往回走的时候，唐莉难掩喜悦之情，脸上始终荡漾着淡淡的微笑。

"看把你美的,心里乐开花了吧?"我打趣道。

"喊,才没有呢。再说了,哪有求婚女方布置现场的!"唐莉故作嗔怪地说道。她故意抿了抿嘴唇,却仍然控制不住两个嘴角拼命地往上扬。

"那就让他到时候再求一次。"我说。

这时,我们路过服务大厅。唐莉并没有驻足,仍然和我一起朝业务科办公楼的方向走。

"你是不是兴奋过头了,忘了点什么?"我笑着提醒。

唐莉侧头歪着脑袋冲我得意地说:"我的停职结束了。"

那天晚上,对我来说注定是无眠的。我找出了当年写给高迪娜的那封信,一个字一个字、一页一页地又翻看了无数遍。后来,我干脆在半夜3点钟就来到殡仪馆。

我早就想好了,要亲自去冷藏库"请"高迪娜的遗体,再亲自送她去化妆室,然后陪她去告别厅,最后带她回到火化车间,全程和她一起走完这最后一程。

然而,当我换好工作服来到火化车间时,我忽然改主意了,我只要在车间里等她就好。

6点10分,高迪娜来了。我轻轻地掀开寿被,让她的脸露出来。算起来,我已经三年多没看到她了。汪洁的手艺真不错，我确信，倘若高迪娜能看到自己人生最后的容妆，她一定会非常满意的。说实话，我真没想到自己置身于火化炉旁面对高迪娜的遗体能心如止水。我静静地站在那里，长时间地凝望着高迪娜。周围的同事各司其职，没人专门关注我这边的情形。

过了许久，我捏起寿被的两个被角，小心翼翼地重新蒙住高迪娜的面部，又退后一步向她深深地鞠了一躬。随后，我走上前一个人将卫生棺捧起，让高迪娜在我的两条胳膊上停留了片刻，才轻轻地把卫生棺放到炉板上，又从怀兜里掏出那封信放到高迪娜胸前，最后看着她和那封信一起随着炉板慢慢进入炉膛。

启动、引风、鼓风按钮渐次被打开后，炉膛内已是火光冲天。我知道此刻，高迪娜正在那扇门后面，翻看那封她早该看到的信。

那天在下班的公交车上，我收到了唐莉发来的微信，是她和汪洁的一张微信聊天截图。

唐莉："汪姐，你真了不起。"

汪洁："没什么可了不起的。当我看完那封信的时候，我已经不怪他了，他根本不了解我，我应该庆幸当初没和他走到一起。"

仔细回味汪洁的这段话,我深感惭愧。我一直都忽略了最重要的一个问题,那就是汪洁对职业的尊重。无论高迪娜的身份有多特殊,在汪洁面前,她首先是一个逝者。

我觉得自己必须当面对汪洁说两句话,一句是"谢谢",另一句是"对不起"。

第二天早晨,在办公楼里的楼梯上,当我下到最后一层的第一级台阶时,看到一身便装的汪洁进入办公楼,迎面走上楼梯。我当即止步,站在原地等着。我想她一定看到我了,也应该知道我是在等她。我故意往楼梯中间挪了两步,把身子转向她的方向,我已经准备好了。

可是,她从我身边经过时,没做任何停留,低着头漠然地快步上楼了。我只好用无奈的眼神,目送她的身影消失在楼梯转角的地方。

背对着你

开考第三十一分钟赶到考场；轮渡刚起航才追至码头；一路狂奔，却在地铁门合上的一刹那，急停门外。最近两个月，时间总是不够用，无论现实还是梦境，各种追赶，就像眼下这样！

1

来不及了，车的四个轮子刚抓住地面，车钥匙也没拔，我着急忙慌地冲出车子，撒丫子朝汇文小学的方向飞驰。

校门口冷冷清清的，只有一个老师模样的中年妇女陪着小米。大老远就瞧见小米的嘴噘上了天，一双大眼睛着火似的瞪着朝她奔去的我。老师见状，淡淡一笑，低头对她耳语了一句什么，大概是说："你爸爸来了。"

小米大声嚷道："他不是我爸爸，他是我的司机。"我虽跑着，却听得真切，字字入心。等我跑到她俩跟前，已上气不接下气，嗓子也冒了烟，想说话只能张开嘴，怎么也发不出声来。

老师手把手地将小米送过来，小米一把推开我伸过去的手，双手抓紧大书包的两个肩带，气势汹汹地径直和我错身而过，几个大步就把我甩在身后。

我在她身后碎步紧跟着，这会儿总算捯过气儿来，刚想和她说几句道歉的话，不经意间看到不远处，一个交警正在我车前拍照。这倒霉催的，我心里暗骂。脚下不由得又开始跑了起来，等来到车子跟前时，那个交警已撕下黄色罚单正欲往挡风玻璃上拍。他这一掌拍下去，二百块就没了，我这一天也白忙乎了。

我一个箭步上前，拦住交警的"魔掌"。

"交警大哥，着急接孩子，您给通融通融。"我赔着笑脸哀求道。

交警侧头瞥了我一眼："着急就可以违停？接孩子就可以违停？大马路是你家开的？"又冲刚刚走过来的小米说，"小朋友，你说你爸爸做得对吗？"

小米没好气地甩了一句："他不是我爸爸。"说完后直接拉开后排车门，一头钻进驾驶员身后的位置上。

最终，那张罚单没拍到挡风玻璃上，被强行塞到了我手里，甭管我愿不愿意接受。我只好带着它和小米一起上路。

后视镜里,小米眉头微蹙,仍是气鼓鼓的样子,目光虽投向车窗外,实际上空洞得很,可能是在心里盘算着怎样把我碎尸万段吧。给她当司机这一年多,这还是头一回惹她不高兴。我承认,我有点不知所措。

"小米还在生林叔叔的气呀?都是林叔叔不好,害小米一个人在校门口等了那么长时间。"

"今天周四,有小米最喜欢的美术课,小米又画什么了呀?"

"林叔叔给小米讲个故事呀?"

…………

我几次主动示好,背后都没有传来小米的回应。经过一个路口时遇到红灯,我转过头来再次和小米搭话。

"要林叔叔怎么做,小米才能开心起来呢?"

小米从鼻子里哼了一声:"你让千语和我一起玩,我就原谅你。"

我怔了一下:"等有机会的吧。"

"不要,你总是这么说,我要马上见到千语,我还没见过她呢。"

"可是,小米还要去上舞蹈课呀。"

"那就周末,你带她到我家来,或者我去你家也行。"

我知道现在不答应她,这一关肯定是过不去了,只好硬着头皮应承下来。

"一言为定,说话算话,咱们拉钩。"小米不依不饶,语气柔和了许多。

拉过钩后,小家伙脸上总算有了笑模样,恢复了常态,又开始叽叽喳喳起来。我抬眼看了一下手机上的时间,4点20分,舞蹈课要迟到了,不禁加快了车速。

临近舞蹈学校时,我突然意识到了什么。

"林叔叔今天接小米迟到的事儿,小米不告诉妈妈好不好?"

我边说边从后视镜上偷瞄小米。

"哈哈,你怕我妈妈说你是吧?"小米的脸上露出了一个8岁小女孩儿特有的天真无邪。

"对呀,你妈妈要是知道了,以后就不让林叔叔接送小米上下学了。"

"好,我不说。"她声音笃定,像个小大人似的重重点头。

车子开到舞蹈学校时,正好4点半,小米妈妈正等在门口翘首张望。我心里有点发虚,幸好她们娘儿俩赶时间,没和我多言语。在车里目送她们进到学校里,我长长地吁了一口气。这一顿紧赶慢赶，还好没误事。精神放松下来后，左侧脸颊的隐痛凸显出来，那个黑脸汉子下手真够狠的，大耳刮子抽得我眼冒金星。

这一天的背运，从接到那个去左路营的订单开始。左路营在海边，距市内三十多公里，表面上看是个好单，其实不然，那地儿有点偏，返程大概率要空跑。又不敢拒单，怕平台以后再不派远单。没办法，只能硬接下来。

把客人送到目的地后，我没马上走，下车步行两三分钟后来到海边，沿着海岸线逛悠起来，寻思着等一等看有没有机会载个返程客，跑趟黑车。逛了差不多一刻钟，连个鬼影都没看到。站在一处峭壁上眺望远方，海面波光渺渺，起起伏伏，我尽情将海腥味悉数吸进鼻腔，再入肺入心。

这是一个适合放空自己的地方，也是一个自杀的好地方！连我自己都吓了一跳，思维什么时候变得这般跳跃。我逃也似的离开。

我重新坐回车里，缓缓启动车子，像个老妪一样，蹒跚在尘土飞扬的泥路上。这里人迹罕至，不会有后车嫌你开得慢而不停地鸣笛。缓行了一会儿，远远地看到一个年轻姑娘站在路边左顾右盼，像是在等车的样子。一辆出租车在她身旁停下,旋即又开走了。我又耐心等了片刻,确定出租车走远了才加速向姑娘驶去。

"去哪儿?"

"民生大厦A栋。"

"二十,上车。"

"刚才有个的哥张嘴就要五十,太黑了!"姑娘在车里刚一坐定就抱怨道。我笑了笑,"这个地方车少,当然可以漫天要价啦。"

"你就不漫天要价。"

她这么一说,好像我多么高尚似的,我反倒有点不好意思。

说话间,车子开上一座立交桥。我注意到,一辆出租车不知何时窜出来,猫在我车后悄悄跟着。我有一种不好的预感,直到眼前出现两辆出租车并排横在桥头的景象,我才确信有大麻烦了。

几乎在我停车的同时,后面那辆出租车斜刺里冲到我车旁,从车上下来个黑脸汉子,冲过来拽开我的车门,不由分说,抡圆了胳膊,劈头给我一个大耳刮子。我眼前一黑,左脸当即就火辣辣的。

"叫你小子撬活儿。"黑脸汉子叫嚣道。

要搁从前,我哪受得了这个,甭管有理没理,拉开阵势就是一个字:干。可现在不行了,我得忍。我赶紧说软话求饶,黑脸汉子哪肯就这么罢休,联手那两辆出租车的司机,把我从车上拖下来,围着我指指戳戳,又是"思想教育",又是连推带搡的。我越软,他们三个越来劲。到最后,黑脸汉子居然高声命令我跪下。

这我有点忍不了了,攥紧两个拳头,却迟迟不敢打出去。

"跪下!"

黑脸汉子斜睨着眼睛,又重复了一遍,口气硬得能砸死人。见我不为所动,也不再向他们告饶,三个人把我围在中间,慢慢逼近,一点点束紧包围圈。想来一顿暴揍是免不了了。就在这时,那个姑娘从车里探出头来说:"我已经录视频报警了,你们堵路、打人、侮辱人,等着警察来抓你们吧。"

黑脸汉子愣怔了片刻后,指着我的鼻子喊道:"下次别让我再碰见你。"三人随即扬长而去。

那个姑娘挺机灵的,并没有真的报警。这事就算是解决了,时间却被耽误了不少。给那个姑娘送到民生大厦A栋后,我立即赶往学校,最后还是晚了。

2

回到家时,将近6点了。老爸从客厅的沙发上缓缓起身,拖着右腿,斜甩着左臂,一步一顿地迎上来,嘴里含混不清地咕哝了一声:"怎菜会?"我听懂了,他是埋怨我怎么才回来。自从八年前突发脑梗,老爸说话就不太利索,右半边身子不遂,生活不能完全自理。

晚饭我做得比较简单,红烧茄子、芹菜炒肉,主食是馒头。老爸基础病太多,常见的高血压、糖尿病他有,不怎么常见的肺癌、脑梗他也有,其他的并发症更不用多说了,几乎样样不落。总之,碍于饮食上的禁忌太多,表面上我饭做得挺简单,实则颇费思量,还得顾及荷包里有多少银子。

老爸对这顿晚饭不甚满意,不夹菜,坐在那里干吃馒头。他一贯这样表达不满,也不拿正眼瞅我,一大口馒头塞进嘴里,左右脸颊顿时鼓出两个乒乓球,就那么反复嚼,没个三五分钟绝不下咽。

"爸,你多吃菜。"我劝了一句,人家根本没搭腔,过了好半天,他才冒出一句:"豆腐贵吗?"

语言功能受限后,老爸说话自动变成了言简意赅模式,这句是在怪我又没给他做豆腐吃。老爸平生最爱吃豆腐，可他现在慢性肾功能不全，血肌酐300多，大夫明令不让他再吃豆制品。前几天，我在网上搜到一种口感和豆腐类似的替代食品，叫什么"方草菲"，订了两盒，正在路上，明天才能到货。

得了脑梗之后，老爸性情剧变。他原先在厂里是工段长，说一不二，雷厉风行，性格刚得很，之前从没见他掉过眼泪。脑梗之后，他性子一下子变软了，三天两头哭哭啼啼的不说，还暴躁易怒，智力也是逐年断崖式下降，时而清醒，时而糊涂。有时候完全就是个小孩子，甚至前一秒还是成人模式，后一秒就成了儿童模式。凡事有弊也有利，小孩子哄一哄也就过去了。眼下也是如此，我再三保证明天一定让他吃上豆腐，他老人家的筷子才伸向那两盘菜。其实他并不老，才68岁，却是一头华发，满脸纵横，整口假牙，外表上看更像86岁，实际身体各部分零件还不如86岁的老人。

晚饭后第一件事，是给老爸准备第二天的药，老爸一天要吃十八种药，胶囊、缓释片、口服液……早中晚各不相同，需分门别类。空腹吃的药单独装在一个袋子里放在他床头柜上，饭前的装在一个袋子里放在卧室窗台上，饭后的集中在一起放在暖壶旁边，还有几种不能与其他药同吃的药散放在不同的角落里。有的药早晚吃,有的药一天吃三遍,有的药睡前吃,通通都标注在药盒上,样数太多,太复杂,老爸总是记混或是忘记,我每晚都要带他从头再捋一遍。

药弄完了,就该给老爸量血压了,这没什么难的,难的是餐后两小时的血糖监测。我从小就晕血,一见到血立马天旋地转,浑身冒冷汗。偏偏测血糖须得一针见血,于是乎,我每天都得经历一到两次"炼狱"。给老爸测完血糖,至少歇个一刻钟才能缓过劲儿来。前几年老爸还能颤颤巍巍地自己到外面溜达溜达。最近这两年腿上越发没劲儿,连楼都下不了了,每天只能窝在家里捧着手机看小视频,跟着视频里的剧情悲欢离合。

每天早上5点起床,先给老爸做好早饭,再去小米家送她上学,上午跑网约车,中午回家给老爸做午饭,下午继续跑网约车,去学校接小米放学,晚上回家做饭,照顾老爸。这便是我的日常,一个39岁男人的一天。

晚上10点多,安顿老爸睡下了,才有一点自己的时间。这时夜色正浓,月光透过窗帘漫进屋里。在我房间的窗台,有一个十六开大小的相框,上面是一个宝宝的百天照,那是我女儿林千语,她已离开这个家八年了。

八年前,千语刚出生时,我还生活在美满团圆之家,老妈、苏倩都在，我们一家五口沉浸在对未来的无限憧憬中，其乐融融。变故始于老爸的那次体检，给千语照完百天照的第二周，老爸确诊得了三期的肺癌，病理分型是低分化腺癌，并伴有淋巴转移。

面对噩耗，老爸面不改色，像之前刚发现得高血压、糖尿病时一样满不在乎，"没事儿，不就是化疗放疗嘛，我身体好，扛得住。"

第一个疗结束，老爸头发全脱光；第二个疗只进行到一半，老爸就脑梗了，瘫在床上。

老妈接受不了这个现实，也病倒了。苏倩刚刚休完产假，只回单位上了三天班就不得已辞职回家全职带千语。

脑梗急性期过后，老爸的身体一点点缓慢恢复，化疗放疗肯定是做不了了，只能口服靶向药维持，肺癌方面的病情反倒比较平稳，至今没再进展，也算是因祸得福。

老妈就没那么幸运了，老爸出院后第三天，我那92岁的姥姥在睡梦中仙逝，这给了老妈致命一击。她仿佛一下子被掏空了精神，失去了活在世上的动力，无论我和苏倩如何开导都不见效果。有一次，我动情地对她说："你是幸福的，在60岁的时候还有妈妈。你要好好活着，让我也能在60岁时有妈妈。"

老妈躺在床上，呆望着天棚，面如死灰，无动于衷。我想放声痛哭，却只能拼命压抑着自己，不让眼泪涌出眼窝。

一个月后，老妈走了。她的生命最终定格在我31岁那年。

我是"80后"，老爸老妈都是"50后"，我一直觉得他们这一代人是最"悲催"的，在最好的青春年华上山下乡，又在最年富力强的时候，赶上了下岗大潮。不过，他们有一点是我这代独生子女所不及的，他们兄弟姐妹多，每逢大事可以互相分担。那段时间的经历像坐过山车一样，面对命运的捉弄，我来不及思考，只能见招拆招，得过且过。事后回想，我都不知道自己是怎么熬过来的。

必须要承认的是，我，以及我们这代独生子女，从小到大，享尽了父母的宠爱。

记得20世纪90年代初，美式炸鸡刚在市面上出现，老妈每次都要排很久的队，只为给我买两个炸鸡腿。

13岁那年，我切阑尾，手术后心情烦躁，在病房里大呼小叫，还摔东西，老爸老妈怎么劝都不行。赶巧姥姥来看我，大骂我不懂事："小祖宗，你妈因为担心你，这几天都尿血了你知不知道！"

我当即哑火。

我学习成绩不怎么能拿出手，一直没给老爸长脸，可是他从不介意，每次遇到工友或是相熟的人都会自豪地把我介绍给人家："这是我小子，大名林悠远。"

刚学开车那会儿，我撞了个人，还冲人家挥了拳头，我当时以为这辈子牢饭是吃定了。是老爸去人家家里苦苦求了整整五个小时，对方才同意放我一马。后来我得知，老爸给人家都跪下了。

我时常会想，是不是之前福享得太多了，才导致而立之年刚过，各种不幸就纷至沓来呢？这个问题没有答案，如同生活本身有无限可能一样。我只能摸着石头过河，一步步走向无法预知的未来。

3

右肋下方传来的隐痛打断了我的思绪，我不得不躺到床上，用枕头抵住右腹，闭上眼睛盼着早点进入梦乡，以此来屏蔽疼痛。老爸那屋的门和我的房门对开着，里面传来他均匀的鼾声，听着让我有一种莫名的踏实感。只是右腹的隐痛愈加猛烈起来，我躺不住，只得坐起来，额头的汗珠登时如断线的雨滴噼里啪啦地往下掉。

亮子这时发来微信，想带酒过来和我喝两杯，我犹豫了好半天，最后还是拒绝了。亮子是我发小，好哥们儿，我俩总在一起喝酒，即使老爸生病后，我俩也常喝。有一回晚上老爸睡下后，我和亮子到外面喝酒，结果老爸半夜上卫生间时摔倒了，在客厅的地板上挣扎了一个多小时，愣是没爬起来。等我回家时，老爸的背心和内裤都被汗浸透了。从那以后，我晚上再没和亮子出去喝过酒，实在想喝就约亮子到家里来。

我在老爸的药箱里找到一盒过期的布洛芬，口服后不一会儿就不怎么痛了。梦里，我又见到了千语。我带着她在公园里骑滑板车、放风筝、荡秋千，她大声喊我爸爸，我们像天底下所有的父女那样尽情享受天伦之乐。

第二天早上7点，我准时来到小米家楼下时，小米妈妈领着小米已经等在那里。小米妈妈铁青着脸，没和我打招呼，把小米送上车后转身就上楼去了。

小米依然坐在我背后，那是她的专座。小家伙看起来不太高兴，紧绷着脸倚坐着，整个身子往下塌，像被抽了筋或是得了软骨病。这孩子有起床气，也可能是早上起得太早，还没彻底睡醒，早上经常迷迷瞪瞪的，有时在路上还要睡一小会儿。联想到刚才她妈妈对我的态度，我猜测多半是我昨天迟到的事她和妈妈说了。我不敢向她求证,担心她又追问我她和千语见面的事情。

从小米家到汇文小学,相距十七公里,不堵车的话,不到二十分钟就到了。由于途经本市最繁华的商业街上海路,很少有不堵车的时候,我经常需要穿梭在周边的小巷子里"曲线救国",确保小米上学不迟到。她不犯迷糊时,嘴巴就一刻也不闲着,我也愿和她聊天,但有关千语的话题除外,实在是不好回答。小米今天很沉默,我俩在一路无语中走完了这段上学路。

我目送小米小小的身影闪进学校的人流,慢慢走向教学楼里。这时,一个和小米穿同样校服的小胖子从后面小跑着追上她,一把搂过小米嬉皮笑脸地说着什么。小米十分抗拒,一甩手挣脱了小胖子的胳膊,紧走几步,甩开小胖子。小胖子继续纠缠,追着伸出一只手从后面掐住小米的脖子,他比小米高了近一个头,像捏小鸡一样控制住小米。随后两人一前一后进入教学楼。

我拧紧眉头,这是在闹着玩吗?这个小胖子我知道,叫方博,小米和我说起过,他是小米幼儿园时的同学,现在也是二年级,但不和小米同班。接小米放学时,我见过方博几次,他放学后在外面上托管,和一群托管的孩子集中在一起，等人齐了再由托管老师统一领走。这孩子极具侵略性，仗着身高体壮，打打这个，踹踹那个，就是一个小霸王。他不会在学校里欺负小米吧？毕竟现在校园霸凌事件时常出现在新闻里。

带着这份惴惴不安，接到今天的第一单。运气不太好，开门就遇到"扫地单"。什么是"扫地单"？接单距离不近便，客人路程又不远。就像现在这个，客人从幸福里到五四广场，从汇文小学到幸福里要四公里，这段是白跑的，再从幸福里到五四广场也就五公里多一点，刨去油钱和平台的抽成，几乎不赚钱。没办法，不赚钱也得接。

客人是一个年轻小伙子，长得挺白净，一身黑西装板板正正的，上车后坐在后排一直低头刷手机，中途抬了一下头看了眼窗外，转头问我："哥，你这路不对吧？"

"我按导航走的呀。"

"你这导航有问题，怎么不走五一桥呢？"

"五一桥从前天开始半幅施工，除公交车外，其他车辆一律不让走。"

小伙子没再吭声，继续低头刷手机，半响，又抬起头来问我："哥，你这台车是零几年的吧？怎么通过的平台准入？"

他故意说得很大声，我知道遇到难缠的主儿了。这家伙体内含渣量不低，他知道我们服务时，平台要全程录音。我开网约车从不和客人闲聊，平台也有规定，司机不能主动与客人攀谈。但客人有疑问，是必须要解答的。我这台车是08款的大众捷达，的确不符合网约车平台准入标准，当初是托亮子找人给办上的。

"我车是旧了点，可里面的零件都是新的。不像有的车，外表看着挺光鲜，一肚子坏水弯弯绕。"

小伙子讨了个没趣，没再言语。这个"扫地单"接得挺窝火，再加上方博疑似欺负小米的事，我整个早上心情坏透了。

4

快到五四广场时，迎面驶来一辆13路公交车。错车时我留意了一下13路的驾驶员，也是个年轻小伙子，我不认识。想想也是，我辞职都八年了，13路换成了全新的电动公交车，驾驶员也不知道换了多少茬。

交通技校毕业后，我被分配到公交公司开起了13路。从20岁开到31岁，整整十一年。最好的青春年华都在13路车上，从这座城市西部的五四广场到最东端的辛吉街，沿途的一草一木，都深深地印刻在我记忆深处。

小米曾经问我为什么放弃公交车司机的工作，我的回答是："每天在固定的线路里周而复始，日复一日，年复一年，太没劲了。"

其实我说了违心话，那段路让我重复走上一百年，我也不会觉得厌倦，它承载了我太多美好的回忆。

那个夏夜，我开末班车，在五四广场始发站台已经缓缓启动了。

"等一下，等一下。"

通过后视镜，看到一个女孩儿挥着手跑来，边跑边喊，我立即踩了刹车，停下车，打开前车门。

女孩儿上车时，气喘吁吁的，胸脯不停地起伏着。她一头披肩长发，头顶戴了个粉色的发带，额前的几缕刘海儿因跑得太急向两侧分散开，眼睛不大不小，笑起来时弯出类似月牙的形状，仿佛两个小月亮，给人一种暖暖的感觉。女孩儿穿了一条淡红色的连衣裙，单肩挎了一个白色帆布包，脚上穿着白色平底凉鞋，纤细的脚趾露在外面，脚指头按从大到小的顺序，依次呈现出一个颇具美感的弧度。

她向我连声道谢后，就走到离后门最近的那个靠窗的座位上坐下。我等她坐稳后才发车。五四广场周边是商圈,坐末班车的基本都是在附近商场工作的。我猜这个女孩儿是某个商场的营业员或者收银员或者前台导购或者……她多大啦?看起来和我差不多,也可能比我小个一两岁。

一路上我都在胡思乱想,并不时通过车内后视镜偷看女孩儿一两眼,暗暗希望她不要在中途下车。现实也正如我愿,直到一个小时后,公交车开进另一头的终点站辛吉街,女孩儿才下车。

她家离单位真够远的,要是赶不上末班车,打车得不少钱呢。我这样想着,女孩儿的身影已经消失在视线里。

第二天晚上,女孩儿可能是下班早一点吧,没用上跑,赶在发车之前就坐上了末班车,她换了一条黄裙子,还是坐在离后门最近的那个靠窗的座位上。

第三天晚上,依然是我开末班车。发车时间已到,我并没有急着发车,目光始终停留在后视镜上,很遗憾,那个女孩儿没有出现。故意磨蹭了近两分钟,我才徐徐启动了公交车。

"等一下,等一下。"

我当即停车,很快发现是自己的幻觉,轻轻叹了一口气后又重新启动公交车。

开末班车下班最晚，同事们每次轮到末班车这个班，无不希望轮班早点结束。当我主动向车队领导申请长期开末班车时，领导一开始以为听错了，反复向我确认了三遍才相信，并且当即同意了我的申请。

女孩儿几乎每天都在赶，我每天都在等，最多一次等了她足足五分钟，还被其他乘客投诉到调度室。偶尔哪天见不到她，随后的一整天我心里都没着没落的。我不知道她叫什么名字，多大年龄，在哪里工作。仔细想想，我和她其实就是司机和乘客的关系。我们的交集，仅限于末班车上，唯一的交流就是她每次上车后向我道的那声谢。这已经让我很知足了，我希望这样的日子能永远持续下去，可终究还是走到了尽头。

一年后的又一个夏夜，末班车稳稳停靠在辛吉街站台，车里只剩那个女孩儿一名乘客。我打开前后门准备从后视镜里目送她下车。没想到，她并没有下车，径直向我走来。看着后视镜里的她越来越大，我心跳越来越快。

"这一年来谢谢你，明天就不用再等我了。"她的声音很轻，却字字敲击我的心扉。

我急了："为什么？"

"我换工作了，从明天开始就不坐13路了。"

"那我以后再也见不到你了吗？"我不假思索道，话一脱口，马上意识到不妥，羞赧不已，连忙把目光从女孩儿脸上移开。

女孩儿停顿了片刻，从包里拿出纸和笔，在纸上快速写了些什么。

"这是我的电话。"

说完，女孩儿伸手把那张纸放到方向盘上，转身小跑着从前门下了车。

愣怔了几秒钟，我拿起那张纸，看到上面写了两个细长的楷体字：苏倩。后面跟着一串手机号码。

5

送走那位难缠的客人后，我直接回了家，今天阳光不错，背着老爸到楼下晒晒太阳。

老爸坐在轮椅上，目光呆滞，他犯糊涂时的面部表情就是这样。阳光很足，斜着照在他身上，从远处看，像是氤氲在一片雾气之中。他一会儿问我："你妈呢？"一会儿问我："你婆（老婆）呢？"问完就忘，接着再问，反反复复。

糊涂未尝就不好，有时候我很羡慕老爸，他时不时地还能回到过去，我却永远也回不去了。老妈去世后，首当其冲的问题就是如何照顾老爸。苏倩的意见是请个保姆，她虽说是全职在家，可光照顾千语就够她忙的了，再让她照顾老爸，确实不太现实。况且让年轻的儿媳妇伺候老公公，也有诸多不便之处。

我有我的顾虑。老爸住院时，起初我和老妈轮班陪护，老妈生病后，我一个人白天黑夜都在医院。后来实在是撑不住了，请了一位50多岁的男护工晚上守着。老爸那会儿吃饭通过鼻饲，大小便全在床上，意识不清，哪儿不舒服嘴上说不出来，全靠发脾气来表达，各种不配合，陪护起来着实累人。

有天早上，我早到了半个小时。刚走到病房门口，就听到有低低的呜咽声，推门进去，看到那个护工正左右开弓，抽老爸的耳刮子。我血气上涌，脑袋都要气炸了，举起拳头冲了上去……

我担心保姆背地里会对老爸不好，让他受委屈。

"你就不能为我、为千语想想吗？不请保姆谁来伺候咱爸？"

面对苏倩的质问，我无言以对。老爸和老妈相继生病后，苏倩一直默默地帮我料理着家里的一切，我的精力全在二老身上，对她和千语亏欠得太多太多。

车队领导对我挺照顾，请假一律准假，可这也不是长久之计。纠结了几天后，我决定辞职回家伺候老爸。下这个决心并不容易，我顾不了那么多了，大夫断言，老爸的生命随时有可能终结，无论如何我都要照顾好他。

苏倩知道我的决定后，什么都没说，抱着千语回了娘家。

我没了收入，势必坐吃山空，老爸退休金一个月五千刚出头，每个月光吃靶向药一项就得六千五，其他杂七杂八的费用加起来也得小四千块，每个月没个一万块根本下不来。苏倩也没了工作，千语那么小，正是紧着用钱的时候。

给二老治病，家里的积蓄已经花得所剩无几。说真的，当时的我真不知道自己还能撑多久，只能咬紧牙关，过一天是一天。

苏倩是在回娘家的第二个月向我提出的离婚。

"悠远，别怪我，我不求大富大贵，只想和千语过正常人的生活。"

我哪有资格怪她呢？

除了千语，苏倩什么都没要，我俩的婚房后来也被我给卖了。再后来，我开上了网约车，收入不多，日子过得依然

"压力山大"，但好歹有了回头钱。

起风了，老爸连着打了两个寒战。我想起他老人家三天没大便了，这是要拉的节奏，赶紧背起他就往家跑。或许是弓着身子大便更舒服吧，他趴在我肩头没多久，就听到他从嗓子眼里发出一阵低沉的呻吟。我知道他这是拉在裤兜子里了，索性放慢了脚步，让他拉个痛快。

清洗完老爸沾满大便的裤子，午饭根本就吃不下了。看着老爸捧着一袋刚刚到货的"方草菲"大快朵颐，我自己也就饱了。

下午刚出车我就发现平台软件打不开了，开始以为是手机网络问题，鼓捣了半天也没整好。给平台客服打电话咨询，答复是被客人投诉车型不符合要求，需要到指定地点接受检查，账号已被限制登录。

检查我是不会去的，也不打算再麻烦亮子找人了，就此告别网约车生涯，本来也干不了多久了。

闲来无事，离接小米的时间尚早，我开车来到位于后关的二手车交易市场，询了一圈价格，我这台老爷车没有报价超过五位数的，只得悻悻离开。

每天最快乐的时间就是接小米放学，我混迹在家长中间，和他们一起朝校门里张望。家长绝大多数都是爷爷奶奶或者姥姥姥爷，妈妈的比例不多，爸爸来接得更少。我从不在小米班家长指定的区域候着，每天站的位置都不一样，遇到主动搭讪的老头老太太就有一搭没一搭地闲聊几句，俨然自己也是学生家长。

方博那个班又比小米班先出来，他个头最高，挺着肚腩在第一排横晃，特别显眼，我眼前马上浮现出早上他掐小米脖子的情景。

车开了有一阵子了，小米仍旧是闷闷不乐的样子，坐在我背后，绷着脸，一声不吭。我忍不住问她："小米，你和林叔叔说实话，那个方博是不是欺负你啦？"

小米缄默不语，对小孩子来说，不回答本身就是一种回答，我断定，那个该死的小胖子一定欺负小米了。

如今的孩子远比我们"80后"小时候辛苦，小米一周上学五天，只有周一放学后直接回家，其余四天要上各种兴趣班。周二英语，周三书法，周四舞蹈，周五小提琴。我给小米送到小提琴培训班时，小米妈妈对我还是没好脸色，我也没介意，回到车里后迅速掉转车头，一路风驰，又返回汇文小学附近。

寻觅了一番后，终于在一个胡同口找到方博所在的托管机构。

我的从天而降,给小胖子吓了一跳。我死死地盯着他那张胖脸,也不说话,就那么盯着。他坐在座位上,一脸蒙地仰望着我,半张着嘴巴,像傻了一样。

一位30岁上下的女托管老师走到我身旁问道:"您是家长吧,有什么事……"

我摆手打断了她的话头,冲方博喝道:"站起来!"方博十分顺从,立马战战兢兢地站了起来。

我用手指戳着他的脑门儿说道:"你给我听好了,以后离赵小米远一点。听懂了吗?"

方博的胖脑袋如同捣蒜一样,连连点头。

"再让我发现你欺负她,我扒了你的皮!"

最后这句,我是咬着牙根,一字一顿地说出来的。

6

晚上9点刚过,小米妈妈的电话和右腹的隐痛几乎同时到来。

电话一接通,小米妈妈尖厉刺耳的声音就迫不及待地冲进耳朵里:"你怎么回事?孩子间的小打小闹,你至于吗?

谁允许你替小米出头的？老师刚刚来电话，人家家长已经投诉到学校了！还有哇，以后求你别再和小米提千语了，孩子每次都缠着我，让我带她去你家，吵着闹着要见千语。"

面对她的连珠炮，我无力反驳，一手举着手机，一手按住右腹，默默地听着。

"拜托你以后摆正自己的位置，别给我们惹麻烦。"

"我的位置一直摆得很正的。"我有气无力地回了一句。

小米妈妈哼了一声："别以为我不知道，接送小米上下学时，你经常冒充小米的家长。都是成年人，有意思吗？别忘了当初你是怎么答应我的。"说完，小米妈妈就把电话给挂了。

从额头滴下的汗水瘆到眼睛里，杀得我一时睁不开眼睛。右肋下方传来的阵阵剧痛，更是疼得我直不起腰来。更疼的地方在心里，冒充小米的家长是实情，可是，用"冒充"这样的字眼，真的合适吗？我难道不是小米的家长吗？

没错，小米就是千语，小米的妈妈就是苏倩。我们离婚后半年，她就带着千语再婚了，给千语改名换姓，换出身，用她自己的话说，趁着千语还小，不想搞得那么复杂，一定要让千语觉得自己的原生家庭很幸福。这也是在暗示我，以后不能打扰她们的生活。

苏倩又给我发来一条微信，可能是意识到刚才的话说得太重了，语气暖和了许多："你最近瘦多了，注意身体。"

她朋友圈的签名还是"日月经天，江河行地"。

当初我不解其意，她还给我解释："我们的爱就像太阳月亮每天经过天空，江河永远流过大地一样永恒不变。"

现在看来，这句话就像回答婚礼上最常规的那个提问一样："无论富贵贫穷，无论健康疾病，无论人生的顺境逆境，在对方需要你的时候，你能不离不弃终身不离开直到永远吗？"我们一定毫不犹豫地回答："能。"但是，在残酷的现实面前，那些誓言终归还是太过苍白。我不怪苏倩，每个人都有选择自己生活的权利，更何况作为一个弱者，我能给予她最好的回馈就是放手。

苏倩很有上进心，原先在商场做收银员，业余时间考下了会计资格证，一直想做会计工作却没能如愿。她后来的丈夫姓赵，是电视台的记者，有能力有人脉，给她在汽配城找了一份会计工作，既清闲又体面。这样也好，比跟着我强多了。我做到了没去打扰他们的生活，却无法做到不去关注我的千语。在千语经常嬉戏玩耍的小广场上，在幼儿园放学的时候，总能出现我的身影。我躲在一个不远不近的地方，静静凝望着她。看着她一点点长大，一点点长高，我知道苏倩一定早就发现我了，也感激她一直默许了我的行为。

千语幼儿园生涯的最后一天，天空下着小雨，我举着一把黑伞躲在一辆吉普车旁边，不时偷窥幼儿园门口一眼。在等待接孩子的家长里，我看到了苏倩，她剪短了头发，化了淡妆，显得非常干练，也更精致了。她无意间把头转向我这边，我躲闪不及，与她目光对接了一下。我赶紧压低雨伞，阻隔苏倩的视线。

少顷，伴着连串的雨滴，伞下的地面出现一对穿着凉鞋的玉足，脚形几近完美。

忐忑中，我不敢抬高雨伞，眼神也四处躲闪，不知该在何处安放。

半晌，耳畔响起苏倩的声音："孩子上小学后，你来接送她上下学吧。"

苏倩说得风轻云淡，我手中的伞滑落到地上，疑惑地盯着她的脸。

赵记者找人给千语办进了全市最好的小学汇文小学，学校离苏倩家不近便，上下学需要专人接送。

想到可以"正大光明"地经常见到我的千语，我心里乐开了花。苏倩和我约法三章，不允许我对千语表现出不同寻常的关爱，更不能表露我的真实身份。苏倩反复强调，千语现在叫赵小米,她的爸爸是那个赵记者,在她面前,我只能是一个司机。

这些都没关系,为了我的千语,我什么都能答应。我再三向苏倩保证,一定会恪守自己的本分,绝不越界一步。我从兜里掏出早就准备好的一千元现金递给苏倩,对于一个每月连抚养费都拿不出来的父亲来说,这点钱实在太微不足道了。

见苏倩不接钱,我说道:"这两年,咱爸,不,我爸的药降价了。我平时开网约车也不少赚,以后每个月我给千语,不,给小米一千。"

"你自己留着交社保吧,你也得为以后着想。"

苏倩死活不肯要我的钱,她的语气像从前一样温柔妥帖,我甚至有一种错觉,我俩并没有离婚,只不过分开了好几年。

那天,苏倩第一次把我正式介绍给小米。

"林叔叔好。"

小米的那双大眼睛忽闪忽闪的,闪烁着明亮的光芒。她被苏倩带走时,刚刚六个月,还不会说话,这是她对我说的第一句话,我竟一时语塞,不知道说什么好。

我开车送她们娘儿俩回家,时隔多年,我们"一家三口"终于团聚在我的车里。车开了有一会儿了,我握着方向盘的手仍在发抖,脚下轻飘飘的,恍如梦境,眼睛也不自觉地有液体涌出。

"林叔叔,你在哭吗?"小米稚嫩的声音从我身后传来。

我急忙掩饰道:"没有没有,刚才被雨淋到了,雨水眯了眼睛。"

送走苏倩和小米,我开着车以80迈的速度奔驰在不限速的跨海大桥上,一边开车,一边放声恸哭。

7

吃了两粒过期的布洛芬后,腹痛得了一些缓解。亮子又发来微信,要过来喝点,我同意了。

亮子比我大一岁,实际也就大了八个月,我俩同届。他皮肤黑,面相老成,年轻时就像个大叔。这种长相扛老,仿佛吃了什么保鲜药一样,可以好多年没变化。倒是我,这几年发际线飞速冲刺到头顶,两个蚕茧一样的眼袋常年坠在眼睛下面,两侧鬓角黑白混杂,满脸的沧海桑田,和亮子隔桌对坐,反倒比他更显老。

亮子知道我现在喝不了白酒,拿来了一瓶低度数的葡萄酒，就着一袋蒜香鸡爪子和一盘凉拌猪耳朵。

"安顿好大叔后，你咋办？"亮子啃着鸡爪子问道。

我抿了一口葡萄酒，味道十分寡淡，口感更像是葡萄汁，"去喀纳斯。"

"真的？"

"真的。"

"那我陪你。"

我淡淡一笑的同时，摇了摇头。

技校毕业那年的国庆节，算起来将近二十年前了，我和亮子有一个远行计划，从东向西，终点是喀纳斯。我们要去那里看看，是不是真的有水怪存在。

我们俩总共就带了八百多块钱，走到西安时，钱就花光了。只好打电话向家里要盘缠继续旅行，等到了喀纳斯，偏巧赶上大雪封山，只得无奈折返。这些年我俩没事儿总说，有机会一定要弥补当年的遗憾，却也仅仅是说说而已。

说真的，有时候我很怀念年轻时那种无忧无虑的状态。我和亮子可以什么都不用多想，毫无节制地彻夜泡吧喝酒。遇到浑不讲理的恶人，我们能毫无顾忌地用拳头伺候。可是，那种日子再也回不来了，如同我们的青春一样。现如今，我们都是中年人，中年人有太多的身不由己。亮子的媳妇儿刚生完二胎，大女儿上小学五年级，两边四位老人都健在，单凭他两口子开的那个小米线店，生活压力一点都不轻。我相信他说的是真心话，这就足够了。

这些年来，亮子给了我太多帮助。独生子女没有兄弟姐妹帮衬，凡事都得自己扛。万幸我还有好兄弟亮子，也特别抱歉，这份情我无以为报。

"这几天，你又瘦了。"亮子的眼神意味深长。

我苦笑了一下，"就当我在减肥吧。"

我们俩的杯子轻轻地碰了一下，发出一声脆响，算是为眼下略显凝重的气氛添点生气。

这个夜晚，我特别想喝醉，醉了之后就可以睡一个好觉，在梦里去做一个真正的爸爸。可是，葡萄汁又怎么能醉人呢？于是，我失眠了。我又翻出了那年过生日，苏倩送给我的那条银手链。手链整体的造型是一条银龙，经过多年的氧化，已经变成一条黑龙。当初，我嫌手链太短，戴着紧紧地箍在腕子上不舒服，一次也没正式戴过。为这，苏倩还好一顿不乐意。如今再戴，垂手时，那条黑龙松松垮垮地盘在手背上。扬起手，又急速向肘窝的方向滑落，而且每戴一次都比上一次离肘窝近一点。

窗外那棵生机勃勃的银杏树又蓬松了枝头，无数嫩绿的叶子迫不及待地探出头来宣告春天的到来。最近，我时常会想，如果把人的一生比作一年四季，自己现在身处何季？是夏天吗？可我还能听到今年的蝉鸣吗？是冬天吗？又是不是来得早了一些呢？

周六上午，我去了一趟亮子介绍的万山红养老中心，亮子把老爸的基本情况事先已经跟养老中心的负责人简单介绍了一下。他媳妇儿的二姨是负责人的表姐，每个月的托老费和护理费能给优惠五百块钱。针对老爸的日常护理，我罗列了五十八条，写了一份近万字的注意事项，这辈子我都没写过那么多字。之前咨询的几家养老院看过我的"万言书"之后，不是嫌麻烦婉拒，就是怕担责任不敢接。

万山红的负责人是个50岁左右的大姐，圆盘大脸，慈眉善目，她低头逐条认真阅读完我的"万言书"后，抬起头笃定地说道："你家老爷子我们接了，要注意的地方不少，需要磨合一阵子。不过，原先答应你的优惠恐怕有点困难。"

见她面露难色，我稍稍安心，一分价钱一分货，直观感觉她是个靠谱的人，"没关系，给我爸照顾好就行。"

和负责人谈妥所有的细节后，我并没马上离开，又在心里重新捋了一遍，还真捋出了遗漏。

"我爸最近一两年肾不太好,晚上腿部按摩的时候,麻烦你们关注一下他的腿脚有没有浮肿,尤其是右腿右脚。他吃汁水多的水果特别容易呛到,像葡萄、西瓜一类的水果尽量少给他吃。另外,拜糖平现在市面上很难买到,我备了二十盒,等用完了,你就找亮子,他在网上可以买得到。我爸性子急,爱发脾气,你们受累多担待……"

负责人耐心听完后感慨道:"难得现在还有像你这样的年轻人!"

回家后我心情有些沉重,特别是看到老爸时。以往每到周末,我都盼着时间快点过,想早点见到我的千语。现在,我希望时光慢点走,和老爸独处的日子快到头了。

下午,我开车带老爸出去兜风。行动不便的老人大多渴望接触外界,老爸则不然,他怕遇到熟人,特别是原先的工友。当年威风凛凛的工段长,如今这般模样,搁谁心里都别扭。老爸原来还能外出散步时,总把两个手环勾在一起,紧紧地背在身后,生怕别人看出他走路不协调,就算经常摔倒也不改变那种姿势。

如果现在不出去,以后怕是没机会了。我好说歹说,连哄带骗,总算把他"骗"了出来。

载着老爸来到他们厂子的原址,如今是一片大型居住区，只有那条铁轨还保留着。

老爸已经认不出来了，坐在副驾位置上茫然地望着那条铁轨。

"爸，你还记得这里吗？顺着这条铁路一直往里走，不多远就是你们工段了。"

老爸的眼神渐渐迷离，像是顺着铁轨飘向了往昔峥嵘岁月。我注意到，他的表情一点点生动起来，眉头上翘，嘴角不停抽动，似有话要说，好半天才吐出两个字："怪抖（快走）。"

我无奈地摇了摇头，依言发动车子。我准备带老爸去大富豪西餐厅吃顿好的，不料中途腹痛再次发作。把车停靠在路边，趴到方向盘上，浑身直冒冷汗，后背瞬间冰凉。

一只大手轻轻地抚在我的肩头，是老爸的左手。

脑梗后最初的一两年，老爸意识尚清醒，他曾经努力让自己不那么依靠我这个儿子。他学会了用左手拿筷子、穿衣服、打胰岛素，把自己变成了一个左撇子。

有天晚上，我给他做腿部按摩，他也是用左手抚摸着我的头，嘴里含含糊糊地呢喃："儿啊，怕样（爸让）你难了。"

我没吱声，鼻子酸酸的，在心里问他："你当年给人家下跪不难吗？不懂事的儿子结婚，婚房选在全市最贵的地段，张口就向你要一百万，不难吗？"平时照顾老爸确实辛苦，身心俱疲时，我也会冲他起急发火，冷静下来后又后悔不迭。自从我也做了爸爸，泪就变浅了。我不敢抬头看老爸，怕他看到我的泪光，只能任凭泪水一滴一滴静静落下。

我强忍着腹痛下车找到一家药房，买了止痛药吃，回到车里缓了一会儿，待痛感减轻了一些，又重新上路。

周末的大富豪永远人山人海，想当年第一次来这里，还是老爸带我来的。在前台排了个号，前面有四十三桌。我推着轮椅带老爸在餐厅周围逛了起来，此时他的神经系统又变成儿童模式，他好奇地东张西望，仿佛第一次来似的。他的成人模式是排斥轮椅的，其实我心里也排斥，已经八年了，我一直没给他办理残疾人证。不过，必须要承认，如今的老爸，成人模式的时间越来越少。

等了一个多小时，终于排到我们了。给老爸点了一份他最爱吃的牛柳丝，他让我帮他把牛柳切成一个个小丁块，再像孩童一样一个一个慢慢放进嘴里。我没什么胃口，最近食欲特差，吃完还总吐，只给自己要了一份蔬菜沙拉。吃到一半时，恶心劲儿又涌了上来，去卫生间吐完回来，看到老爸正在那里耍脾气。餐刀和勺子都被他扔到地上，嘴里咿咿呀呀地冲一个服务生直嚷嚷，左手也跟着比比画画的。我急忙跑过去，老爸像迷路的孩子终于找到自己的家长一样，带着哭腔问道："你句（去）哪儿啦？"我上前将老爸揽进怀里，用手不停地抚摸着他的头。

那天夜里，我右肋下方的剧痛来得格外强烈。最近每天腹痛的次数越来越频，也更疼了，每次持续的时间也在变长。看来那个大夫说得没错，我的时间不多了。

两个月前，我被确诊胰腺癌晚期。在短暂的大脑空白后，我决定放弃所有无意义的治疗。除了亮子之外，我没告诉任何人。

一般的止痛药对我已经不起作用了。我只好找出那盒大夫给开的哌替啶，给自己注射一支。很快就不怎么痛了，却翻来覆去，怎么也睡不着。其实失眠也没什么不好的，起码证明还活着。这么一想，心里踏实了许多。

每次夜里睡不着觉的时候，我会在寂静的黑暗中，借着窗外的月光，望着千语的百天照发呆。千语从来没叫过我爸爸，这辈子都不可能叫了，我不敢奢望这一声爸爸。真的，我从来都不是一个贪心的人。我曾想过，哪怕永远背对着千语，以司机的身份留在她身边，我也知足，就像当年我为苏倩开末班车一样。可是，就这点小小的要求，老天爷为什么都不能满足呢?

周日一整天都在接待中介带来的看房客,卖房款将来用来给老爸养老,若以后有结余,全部留给千语,已经嘱托亮子以后帮忙处理了。

我有点担心老爸会在穿梭往来的看房客中发现异样,还没想好该怎样和他说,好在他什么都没问,一直窝在自己房间里看小视频。

8

无论躯体多难受,一回到给小米当司机的日子,我就满血复活了。

"……牙医冲洗钩子的时候,哈克和迪克先后被冲到了污水中。他们顺着排水管漂到了一条河里。然后沿着这条河漂哇漂,漂到了地中海。从此以后,他们就在海滩上晒晒太阳、聊聊天,再也没有找过牙齿的麻烦。《牙齿大街的新鲜事》林叔叔讲完了,通过这个故事小米学到了什么呢?"

"要好好刷牙,少吃甜食,给哈克和迪克都赶走。"

"哈哈,小米真聪明。"

给小米讲故事,算是我俩的固定节目。最开始送小米上下学时，我俩都是拘谨的，除了一些礼节性的话语之外，我们在车里一前一后，默默无言，不时透过后视镜偷瞄对方一眼。

有一次路过联惠影城，小米指着影城说："联惠影城，妈妈常带我来这里看电影，妈妈说她最喜欢这里了。"

我心头一热，那是以前我和苏倩经常约会的地方，倏忽间，我忆起我俩在那里看的第一部电影是陈凯歌导演的《和你在一起》。可是，这些是不可能对小米讲的。

"林叔叔以前也总去那里看电影，林叔叔还记得在那里看的第一部电影叫《星愿》。"

"好看吗？讲的什么故事呀？"

时间太过久远，印象中好像是在2000年左右看的那部电影，详细的剧情早就模糊了，只依稀记得主演是任贤齐和张柏芝。

我绞尽脑汁，在记忆深处搜寻了一番才回答道："男主人公好像叫洋葱头，女主人公是个护士，名字林叔叔忘记了。洋葱头车祸去世后换了一个身份被天使送回人间，他不能告诉护士他就是洋葱头，只能借助一个空的日记本讲述他以前和护士发生的事情。"

"为什么不能说呢？"

我又沉默了，良久，才在小米的反复追问下开了口："有些时候，我们是无法以自己的真实身份面对最爱的人的。"

小米一脸懵懂："听不懂。"

"或许等小米长大了就懂了。"

"林叔叔，你说世界上真的有天使吗？"

"有哇，小米就是天使。"

小米咯咯大笑起来，开启了连问模式。

"林叔叔，你有宝宝吗？"

"当然有啦。"

"是男孩儿女孩儿？叫什么名字？多大啦？"

"和小米一样，也是女孩儿，叫千语，年龄也和小米一样大。"

"我能和千语一起玩吗？"

"当然可以呀。"

"太好了，林叔叔会给千语讲故事吗？"

"会呀。"

…………

我和小米就是这样熟络的，重温《星愿》的剧情给了我极大的灵感，千语就是那个空日记本，我可以以此为媒介，把那些郁结多年的心里话，用另一种形式讲给小米听。

"林叔叔告诉千语，无论爸爸在不在她身边，都要坚信爸爸是天底下最爱她的人。"

"如果天使能帮忙实现一个愿望，那么林叔叔希望能回到千语刚出生时。"

"林叔叔不需要千语长大后有多优秀，只盼着她能一辈子健康快乐。"

…………

我找到了一种特殊的方式与小米交流，很多话她根本听不懂，我陶醉在这种鸡同鸭讲中乐此不疲。小米更喜欢听我讲故事，我把亮子大女儿淘汰下来的三箱童话绘本搬回家里，天天晚上备课。

周一的早晨，一如既往地堵车。其实，在潜意识里，我挺盼着堵车的，这样就能和小米多待一会儿，但我又不希望她迟到。就像我一直以来的处境一样，左右为难。

小米今天梳了一个漂亮的丸子头，她眉毛、鼻子的形状，还有嘴唇的轮廓，都和我一模一样。

"林叔叔快看外面的花坛，花都开了。"小米的脸紧贴着车窗玻璃，饶有兴致地说。

望着车窗外的繁花似锦,我几乎是下意识地沉吟道:"花有重开日,人无再少年。"这句话是我在亮子大女儿的一本童话书里看到的。

"这是句诗吧?什么意思呀?"

"等你长大了就知道了。"

"又是等,你们大人总爱这么说。好烦哪,那要等到什么时候哇!"

从后视镜里看到她微微嘟起了嘴,我连忙转移了话题:"六一儿童节小米准备去哪儿玩呢?"

小家伙歪着脑袋思忖了片刻回答:"我想去童话小镇,可爸爸妈妈都没时间。"

"那林叔叔带你去好不好?"

小米拍手叫好:"好哇好哇,千语也一起去。"

小米自觉失言,连忙捂住了嘴巴,我知道苏倩不让她和我提千语。

"林叔叔只带小米一个人去好不好?"

"那我妈妈能同意吗?"

是呀,苏倩能同意吗?

与以往不同,离学校还有一段距离,我就把车停在路边。小米下车时一脸疑惑地问:"林叔叔,你怎么在这里停车呀?"

"今天林叔叔想用散步的方式和小米一起走到学校,小米愿意吗?"

"愿意愿意!"小米雀跃着答道。

我牵着小米的小手漫步,她的手完全融合在我的掌心里,我确信我们的心是相通的。额头有细密的汗珠沁出,时间在这一刻被浓缩,又被无限延展。我把此刻幻想成他日千语婚礼新娘挽着父亲慢慢步入礼堂那刻,让道边的垂柳见证一个父亲的恋恋不舍,让枝头的鸟儿鸣唱一个父亲的浓浓深情。我完全沉醉其中,直到那该死的腹痛再度袭来。

在校门口,望着小米的背影渐行渐远,我的目光一刻也舍不得移开。一想到这样的日子以后不会再有了,心里有一种莫名的酸楚。小米的身影消失很久了,我仍然弯着腰弓在原地。

下午接小米放学,我带上了老爸。我在车里为二人做了介绍,这有些滑稽,但也是具有历史意义的时刻,只是他俩浑然不知。小米礼貌地向老爸道了一声:"爷爷好。"

她的亲爷爷坐在副驾驶位置上只是面无表情地转头瞥了她一眼,就把木讷的眼神重新拉回前方。我暗暗替老爸着急,却也无可奈何。

在小米家楼下，苏倩看到车里的老爸时，先是一愣，踌躇了片刻后，朝老爸微微颔首，紧接着领着小米快步上楼。这是我们四人最后一次共同出现在同一个场景里，短暂，难忘，也只对我一个人有意义。

9

苏倩兴师问罪的电话是在晚上9点打来的。

"你最近很不对劲儿，你知不知道你这么做很危险！"苏倩单刀直入，态度决绝。

"你别担心，我爸现在已经不记得你是谁了。"我解释道。

"那也不行，你如果再这样的话，我就要考虑以后不用你接送小米了。"

"你也不用为难了，亮子给我介绍了个活儿，在开发区，需要在那儿住宿，过几天就正式上班，我也接送不了小米几天了。"

电话那头沉默了好半天，才再次传来声音："也好，那谁来照顾你爸？"

"已经联系好养老院了。"

苏倩又停顿了一会儿，才叹息道："你终于舍得了！"

我黯然无语。

"我挂了。"

"等……等一下……"我嗫嚅道，"和你商量个事儿，儿童节那天，我想……我想单独带小米去童话小镇玩一次。"

苏倩迟疑了。我暗自祈祷能有奇迹发生。过了一会儿，苏倩默默地把电话挂了。

片刻之后，我重重地叹了一声，仍旧保持着接听电话的姿势，任凭手机里的忙音声反复冲击耳膜。

这些日子，我一直在纠结一个问题，去养老中心的事该怎么向老爸说？他又会做何反应？腹稿打了很久，又在脑海里反复推演各种可能，却始终开不了口。今晚给老爸做睡前的腿部按摩时，我临时起意，决定告诉老爸。我觉得刚才已经在苏倩那里得到一个不好的消息了，老天爷应该不会再打击我。

老爸原先浓密的腿毛早已褪得一根不剩，腿也比年轻时细了许多，特别是右腿，小腿肚子上的肌肉萎缩殆尽。我的两只手轻轻按在上面揉捏，每一下都能碰到骨头。当年用那条紧实粗壮的右腿亲自为我示范射门动作的老爸，只能留在记忆里了。

老爸躺在床上，微闭双眼。我轻唤了一声："爸。"随后喉咙就被什么东西给卡住了。老爸睁开双眼，望着我，静静地等待着下文。我停止了手上的动作，和老爸默默对视着，时间仿佛都静止了。

我快要窒息了，不敢再看老爸的眼睛。过了不知道多久，我狠咽了一口吐沫，鼓足勇气："爸，过几天，我要去外地办点事儿，得一阵子呢，你得去养老中心住段日子。"

老爸听完之后没作声，缓缓点了点头后，又闭上了眼睛。我心里堵得难受，不得不提前结束按摩，退回到自己房间里。

夜里，老爸那屋的鼾声一直没有响起。我躺在床上仔细侧耳辨听，隐约听到窸窸窣窣的声响，起身悄悄走到门口，这回可以听清了，老爸在喃喃自语："儿不要果（我）了。"

我定住了，一股电流在一瞬间击穿了我的心脏，笼罩在心头多日的乌云被击得粉碎，变成雨水倾泻而下。在黑暗中，我下意识地用手使劲儿捂紧嘴巴，决堤的泪水带着体温从眼眶里喷涌而出，顺着手背肆意流淌。

失眠成了常态。正好用来为老爸准备去养老中心的行李，捎带着整理家里的各种杂物。房子已经确定了买主，正式过完户后就得给人家腾房子。我又看到了那把口琴，它最后一次在我口中吹响是因为苏倩，我为了她吹奏了一曲《天边》。从那以后，它就在箱底躺了十多年。琴身上的绿漆早已斑驳，二十四个方形小孔里积满了灰尘。我用小毛刷子仔细清理了好久才让它恢复往日神采，却一时忘了该怎么吹响它。

上技校那会儿，班里有个男生会弹吉他，特别拉风，亮子念的那个技校有个男生会敲架子鼓，也挺招人。我和亮子在羡慕嫉妒恨的同时，也琢磨着学点什么乐器吸引女生眼球。研究了一番后，我们盯上了口琴，不仅成本低，还能自学。又谈何容易，亮子没什么乐感，任口琴在他的厚嘴唇上怎样翻腾，始终没响出正经调儿来。他拿琴的姿势特别逗，看起来像在啃苞米，完全不具备美感。我还行，自己摸索着勉勉强强能吹出时断时续的曲儿来，又偷着找老爸厂里的工会宣传干事学了一周才终于修成正果。

利用一次课间休息，我第一次拿出口琴在教学室里吹响。我吹的是当时最火的《伤心太平洋》，班里竟没有一个人瞩目关注，他们中的大多数先是循声投来目光，然后带着不屑收回目光，仿佛在说："你这也太小儿科了。"还有些人完全无视我的表演。《伤心太平洋》吹得确实伤心，没等吹完，我就落寞地把口琴重新放回书包里。直到后来在苏倩面前露了一手，惊艳了一把，我才知道，原来这一切都是提前为苏倩准备的。

《天边》的旋律又一次缓缓响起，我慢慢找回了一些感觉，只是气儿不太够用，声音显得尖锐、局促，没有那种广阔辽远的空寂感。还剩最后一段，我吹不下去了，腹痛又来了。

我越来越依赖哌替啶，这意味着和千语告别的时刻越来越近。

又是一个周二。放学后，小米要上英语课。给小米送到培训班之后，我没有走，在培训班门口和苏倩商量，最后这几天我想和小米多待一会儿，培训课结束之后也由我送小米回家。苏倩同意了。

我的车卖了八千块，和对方协商一周后交车，对方付了两千块定金。我把这两千块交给苏倩，算是对小米的一点心意，苏倩再次拒绝。

"钱你自己留着交社保，别不当回事儿，听说以后养老保险断缴就不允许补缴了。"

苏倩说得语重心长，我当然不能告诉她社保对我已经没用了，只能用谎言敷衍她。

"你也要对自己好一点，你看看你现在都成什么样了。"

苏倩的话让我心里热乎乎的，其实我也有许多话想对她说，却又不知该从何说起，只能静静地凝视着她，可惜苏倩很快就走了。

我坐在车里等小米下课，不一会儿，那要命的腹痛又来了，我有些窝火，怎么不挑个时候呢？药不在身边，唯有坚持。体内有个怪兽在一口一口地吞噬五脏六腑，我疼得死去活来，实在无法坚持，哆嗦着掏出手机打给苏倩，向她扯谎说临时有事送不了小米了。

唯恐苏倩从我气若游丝的语气中听出异常，不等她回应就挂断电话。

我并没有走，把车停在一个角落里，偷窥着培训班门口，忍着剧痛想再多看小米几眼。没过多长时间，赵记者那辆黑色的丰田汉兰达停在培训班门口。他戴着一副无框眼镜，身材纤瘦，斯斯文文的样子。他做千语的爸爸，的确要比我体面得多。平心而论，赵记者对千语不错，和苏倩结婚好些年了，也没要自己的孩子。想想我还曾拐弯抹角地向小米打探他对孩子好不好，太小人之心了。

小米见到赵记者，特别高兴，嘴里大声喊着爸爸，蹦蹦跳跳地朝赵记者扑过去。赵记者双手托住小米的两个腋窝在空中转了好几圈，然后抱着小米走到丰田汉兰达旁边，打开车门小心翼翼地把小米抱进车里。

我觉得身体里的痛感更强烈了。

10

是时候告别了。

最后的早晨，我4点就起床了，客厅的地板上摆满了提前为老爸打好的行李包。做好了早饭，来到老爸屋门口，老爸背对着我睡得正香，他的跨栏背心已经泛黄，星星点点的小洞遍布其上。望着老爸的背影，我肃立良久，也犹豫良久，最终决定不去叫醒他了。在转身的一刹那，从胸腔传来一阵钻心的灼热，我哽咽了。

左前臂上针眼密布，我又在上面推了一针哌替啶，只为一会儿能以一个正常的状态和千语告别。

缓缓走到楼下，亮子早已等在那里，后续的事情就都交给他了，我的好兄弟。在亮子面前站定，我挤出一丝浅笑，心里有千言万语，却又无语凝噎。亮子的表情和我差不多，一脸的凝重。他深深地叹了一口气，抬手重重地拍了一下我的肩膀："放心！"

我们在长时间的拥抱中作别。

最后一次送小米上学，我耍了点小心思，事先弄脏后排车座，让小米坐到副驾位置上。帮她系安全带时，我故意放慢动作，手上微微颤抖，我俩脸对脸时，很想捧着她圆嘟嘟的小脸看个够、亲个够，可我不能那么做。

第一次和小米并排坐在车里，在心潮起伏的同时，我努力让自己和平时一样，不那么刻意。苏倩事先交代过，不要告诉小米我以后不能再接送她上下学的事情，就让我悄无声息地从小米的生活中离开。身旁的小米一如往常般活泼可爱，和当下的我形成鲜明的对比。

她又缠着我讲童话故事，我今天要给她讲一个特别的故事。

"……从那天早晨之后，千千公主再也没有见过她的爸爸。其实，她的爸爸去了天堂，在天上默默地看着她一天天长大，一刻也没有忘记她。"

故事讲完了，腹部的隐痛也来了。现在哌替啶发挥作用的时间越来越短。

"林叔叔，这个故事叫什么名字呢？"

我略微思索了一下回答："《爸爸的故事》。"

小米轻轻"噢"了一声，之后，她似乎还沉浸在故事里，脸上一直是若有所思的表情，直到来到校门口。

"林叔叔放学见。"

我苦笑了一下,点了点头。

眼见小米一步步走远,我忍不住又喊住了她。

小米闻声驻足回身,懵懂地望着我。

我想对她说,别总喝可乐吃汉堡,要听妈妈爸爸的话,练舞下腰时一定稳着点,还有千万别忘了林叔叔。

话到嘴边却变成了:"其实,你早就见过千语了。"

"是吗?什么时候哇?"小米瞪大眼睛问道。

"是的,以后你还会经常见到她的。"

"真的吗?林叔叔没骗人吧?"

在我肯定的答复中,小米再次转身,背对着我步入人流中,很快被淹没。

我终于支撑不住了,捂着肚子蹲在地上。头上的汗水滑下来,先是眯了眼睛,又顺流而下打湿地面。我感觉自己快要虚脱,心中只有一个念头:决不能在学校门口倒下。

车停在路边,一会儿亮子会来取。我踉跄着来到路边拦了一辆出租车,拉开后排车门跌跌撞撞地坐进去。

"先生要去医院吗?"出租车司机问。

我摇了摇头,两个眼皮愈发沉重,想努力睁开眼睛,却只能透过一道窄窄的缝隙看到不远处的亮光。那光越来越弱,仿佛一道门关闭了一样,亮光一点一点消失不见了,随后,我仿佛一下子坠入茫茫深渊。

"那您要去哪儿?"出租车司机又问。

是呀,我要去哪儿?喀纳斯终究是一个不切实际的梦。

失重感越来越强烈,意识也越来越模糊。恍惚中,我想到了一个地方,张口只说出一个字:"左……"就发不出声音了。

"左?是往左边开吗?"这是我听到的最后一句话,随后,我就什么都不知道了。

11

当我醒来的时候,眼前迷蒙一片,像照相机对焦一样,由模糊一点一点清晰,我看到了一片白色,自己好像处于一种飘浮状态。那一片白色是天上的云彩吗?不对,自己好像又静止不动了,这是黄泉路还是奈何桥?这时,耳畔传来对话声,我终于彻底清醒。我仍在人间,正躺在医院的病床上,那一片白色是天花板。

这不是我该待的地方,我挣扎着坐起来,顺手一把薅掉左手手背上正在输液的针头。等我站起来时,一阵剧烈的眩晕将我重新放倒在床上。我缓了缓，准备再次起身。这时，一个护士走进来，制止了我的行为。没想到，我现在还没有一个女人力气大。那个护士一只手端着托盘，另一只手摁住我的肩膀，就让我动弹不得。她嘴上大喊："5床家属，谁是5床家属？"

很快，亮子匆匆忙忙地从外面闪进屋里，加入劝服我的行列里。

"人的起点和终点都在医院，即使死也要死在医院。"那个护士说。

亮子说不出这么文绉绉的话，也用他自己的白话表达同样的意思。我不想在医院做无用功，只想找个没人的地方自生自灭。双方僵持到最后，各退一步。我同意待在医院里，但拒绝一切治疗，仅仅接受暂时维持生命所需的药物。

这时候，时间这个概念重新回到我的意识里。下午3点40分了，正是小米放学的时间，不知道她此时没见到我，会不会难过。老爸也到该吃黄葵胶囊的时间了，但愿他没有忘记。这么一想，心里更难受，干脆自行清空大脑，强迫自己什么都不去想。肚子吱哇乱叫的，饿得不轻，却没有一点食欲。亮子买了一碗我最爱吃的三鲜馅馄饨，勉强吃了两个，就又吐了。不一会儿，那个护士拿来一大袋白色的类似牛奶的液体，又要给我输液。

我的左手下意识地往回缩，本能地抗拒着。

"这是什么东西？白蛋白吗？"

护士见状，不屑地回答："你想得还挺多，这是脂肪乳，你现在吃不下饭，这东西当饭吃。"

"真的？"

见我还是不信，她不耐烦了："你快点吧，后面还有别的患者等着我呢，没工夫和你耽误时间。"说完，也不管三七二十一，上来拉过我的左手一针下去，就把我和那袋脂肪乳连接起来。

现在，我不信任亮子，亮子同样也不信任我。家里家外一大堆事情等着他，他不可能长时间待在医院里陪我，就请了个男护工来照顾我，顺便监视我，防止我偷偷跑掉。他前脚刚走，我就把那个男护工给辞退了。

脂肪乳输起来比其他点滴要慢很多，缓缓下落的液滴似催眠师手里的怀表，我望了一会儿，不知不觉睡着了。

一觉醒来，天已经黑了，是亮子把我推醒的。

"那个护工呢？"

"被我辞了，没必要。"

"悠远哪，我答应你的事情肯定都能做到。你也得说话算数，可不能跟我玩心眼哪！"

见亮子满面愁云，我微微一笑："我说话算话，保证不跑。"

亮子将信将疑地点了点头，在床边坐了下来。他给我带了几件换洗的衣服，也带来了一个好消息，老爸已经在万山红养老中心住下了，目前情况还不错。怕我不信，他掏出手机给我看养老中心现场的照片。照片里的老爸驼着背，呆呆地坐在那里，和几个老头老太太一起看电视。他的目光是散漫的，没有焦点，面部表情僵硬，眼睛看的方向也明显不在电视上。我鼻子酸得不行，只看了照片一眼，就赶紧把手机还给亮子。

亮子没待多久就走了，在我再三保证不会逃跑的前提下。我睡了四个多小时，那袋脂肪乳才打了三分之一。再想睡却怎么也睡不着了，病房里三张床，我靠窗，中间床是一个老大爷，年纪和老爸相仿，靠门的是个大哥，我不了解他俩具体是什么病，不用想，肯定都是癌，肿瘤科不可能接收高血压或者糖尿病患者。老爸当年做肺癌手术和后来的化疗，也都是在这里，我对这里并不陌生。

除我之外，他们俩都有陪护。老大爷的陪护看起来年纪和我差不多，不知道是他儿子还是请的护工。那位大哥是他爱人陪他。说实在话，我有点羡慕大哥，但各人有各人的命，想来他也有不如我的地方吧。

肿瘤科病房永远是医院里气氛最压抑的病房，我曾经以家属身份感受过，现在又以患者身份体会着。这样也好，我本来也不想多说话。我一直睁着眼睛挨到后半夜，中间床的老大爷突然呼吸急促起来，声音一下比一下粗重，似乎只有出气没有进气。值班的大夫和护士很快赶过来，迅速把大爷推进抢救室。

等护士再来的时候，通知我和大哥换房间。我知道老大爷已经走了，按照医院不成文的规矩，有患者去世，同病房的其他患者要换个房间。我婉拒了。

大哥两口子走后，病房里只剩下我一个人，正好那袋脂肪乳也打完了。我不感觉饿了，腿和脚却软得不行，踩着从窗外透进来的一地月光，每一步都像踩在棉花上。在一片黑暗中，我踱步到窗台扶窗伫立。窗外树影婆娑，两棵槐树正和风抗争着，用拼命摇头的方式拒绝风的裹挟，哪怕枝叶凋零也在所不惜。此情此景，让我特别想向它们借一点勇气来对抗命运。

一个行将就木的人，处在一个无限接近死亡的地方，所有的思考都必然和死亡有关。老大爷先走一步，我的归期会在何时呢？我不知道答案，只知道应该不会太远了。

皓月当空，寂静无边，我忽然想为老大爷吹一首《天边》，为他送行，也为我自己。可惜口琴不在身边。

思绪在黑夜里漫舞，我脑海中慢慢浮现出一片暮色苍茫的大草原，千语忘情地奔跑在一望无垠的绿色中，我在后面怎么追也追不上。

12

虽然是等死，但在医院里等有个优势，当剧痛来临的时候能立刻得到处置，这在一定程度上延长了我的生命。可是，这真的有意义吗？我尽量不去想老爸和千语，有时大脑却不受控制。不知道这几天上下学千语是否已经习惯了没有我的存在，也不知道老爸在养老中心有没有按时测量血压和血糖……每到一些时间节点上，就会自动"换算"出他俩应该做的事情。

死亡几乎每天都在身边发生。白天只要身体允许，我就离开肿瘤科病房，在医院里漫无目的地瞎逛。我喜欢去产科，在产室外跟随那些家属一起欢庆新生命的到来，就像我在小米学校门口"冒充"学生家长一样。

夜里大多数时间都在失眠,让我的脑子长时间处于意识流状态,有时还会猜测自己的死亡时间和方式,是明天还是下一秒?是在睡梦里还是在剧痛中?很多种可能我都设想过,不知道哪一种会最终实现。

在我被动住院后的第五天晚上的9点多,我又一次在疼痛中失去意识。

老爸来病房里看我了,我惊奇地发现眼前的老爸,是以前还没生病时的老爸。"小子,什么时候出院跟我回家?"他说话连贯,中气十足。

我刚要开口回答,他却突然不见了。

然后苏倩出现了,我俩隔着一条马路,久久地凝视着彼此,仿佛被隔绝在银河两岸的牛郎和织女。

接下来的场景又变成了我的车里,千语坐在我身后用清脆悦耳的声音说:"爸爸,咱们一起去童话小镇吧?"

没错,她竟然叫我爸爸了。

我彻底蒙了,这是在做梦吗?我有一种不真实的感觉,像被施了定身法一样定在那里。我不敢乱动,生怕哪个动作做得不对,就会又切换场景。

过了片刻,千语催促道:"爸爸,咱们快走吧。"

我只得诚惶诚恐地缓缓启动车子,刚前行了没几步,千语又嗔怪道:"爸爸,你都好几天没给我讲故事了。"

这还真难住我了,以前备的课都讲完了,这段时间也没及时更新,我只好搜肠刮肚,在脑子里拼命回想以前听过的故事。想了好半天,总算想起来一个。

"这个故事的名字叫《不死国》。从前有一个不死国,邻国的人听说不死国的人可以长生不死后,都纷纷来到这个国家居住。可是,他们住进来以后,却没有长生不死,仍然生老病死……不死泉和不死树的秘密,不死国的人代代相传,却从来没有人敢说给外人听。"

"爸爸,不死国的故事是真的吗?真有不死泉和不死树吗?"

"当然有啦。"

"在哪里呢?"

"在很远很远的地方。"

看车人的冬天

1

立冬就要吃饺子，曲名利在早市买了韭菜、青虾、猪肉、饺子皮，准备给父亲包一顿老人家最爱吃的三鲜馅饺子，8点半才来到大哥家，比平时晚了将近半个钟头。

"怎么今天来这么晚？"大哥拧着眉头问道。他已穿戴整齐，就等着曲名利来了马上走。

"去了趟早市。"曲名利扬了扬手里的东西。

大哥瞟了一眼，眉头拧得更紧了。

"韭菜通便，你嫌咱爸拉得少是咋的？"

"不碍事儿，拉了我收拾。"曲名利憨笑着回应。

大哥从鼻孔里哼了一声："这可没准儿，咱爸一贯心疼你，专等你走了再拉。"

说话间，大哥出了门。曲名利放下东西，脱了外套，直奔里屋，像往常一样，先去望一眼父亲，再干别的。

老人盖着被子仰面躺在床上，只露出小小的脑袋，无数道皱纹纵横交错在瘦得皮包骨头的脸上，一根细细的肉色的胶皮管像一条小蛇一样从一侧鼻孔里探出小半截身子，一对呆滞无神的眼睛总是处于静止状态，好半天才眨一下。

老人今年89岁，自从八年前突发脑出血，就一直瘫痪在床，吃东西靠鼻饲，大小便不能控制，没有任何意识，等同于植物人。曲名利一直不认同这一点，觉得父亲其实什么都懂，只是表达不出来而已。他清楚地记得，那次大哥和三弟在这里吵架，父亲躺在床上，两滴浑浊的泪水从两个眼角溢出，再缓缓从两侧太阳穴分流。

当时，曲名利兴奋地喊道："快看，咱爸流眼泪了，他伤心了，你们别吵了。"

可大哥和三弟已经吵红了眼，谁也没有理会曲名利。那次的争执很激烈，直接导致兄弟间的决裂。但凡家里有生活不能自理的老人，就难免会有类似的纷争。大哥觉得，赡养老人应该是兄弟三人共同的义务。三弟则认为，大哥得了父亲的房子，就应该负责到底。大哥不服气，强调自己对家里的贡献最大，得房子是应该的。赡养老人不出力可以，钱必须得出。三弟则直接放话，要钱没有，要命倒是有一条。

曲名利自始至终没参与争吵，一直静静地坐在父亲身边叹气，听着自己的两个兄弟你来我往，恶语相向，不断翻陈年旧账。

双方到最后也没能谈拢。三弟摔门而去，临走前直言，从此以后断绝关系。大哥也说了狠话，扬言要到法院告三弟。

三弟走后，大哥瞥了一眼一直默不作声的曲名利，劈头盖脸地冲曲名利嚷道："你他妈的天天在医院里给别人端屎接尿，现在自己老爹瘫了，你管不管？"

那会儿曲名利还在医院里当护工，大哥的诘问对他的刺激挺大。在医院里干了十几年护工，成天忙得脚不沾地，却没伺候过父亲一天。

于是，曲名利辞了护工工作，又托人找了一份晚上看车的活儿，白天专门到大哥家帮着照顾父亲。再后来，大嫂借口帮女儿带孩子，跑到女儿家躲清闲，至今未归。大哥则以退休金少为由，白天到外面打零工，晚上才回来接曲名利的班。就这样，兄弟二人每天黑白交替，各自照顾父亲半天。

包饺子虽说不麻烦，但也得费些工夫。曲名利差不多忙活了一上午，临近11点的时候，热气腾腾的饺子才出锅。曲名利等饺子稍微凉了一些后，用搅拌器加水把饺子打成糊状的流食，再用针管注射的方式送到父亲的肚子里。

推管时要掌握好力道和速度，推慢了容易呛到，推快了又容易打嗝。曲名利做过护工，干这个自然是驾轻就熟。可今天推到一半就无论如何也推不动了。曲名利知道坏了，针头八成是被堵住了。果不其然，卸掉里面的流食后，就清楚地看到一个小碎骨渣不偏不倚，正好卡在针头里。曲名利暗暗责怪自己粗心，猪肉没处理干净，好在有针头过滤阻挡了一下。

吃完午饭闲下来之后，曲名利习惯坐在父亲身边和老人说话。这种得不到任何回应的自说自话，每天都要进行一遍，每次的内容都不尽相同，表面看起来更像是例行公事，曲名利却乐此不疲。

"爸，你给我起了个好名字，可惜你二小子没本事，混了大半辈子既没有名，也没得利……"

说起来，父亲一辈子没得志，总抱怨自己运气不好。想想也是，早年和哥哥一起从山东老家闯关东来到东北，原计划一路北上去哈尔滨。没承想，半路上走散了，哥哥阴差阳错跨过鸭绿江一直走到朝鲜半岛南边的釜山。20世纪50年代，哥哥跟着志愿军回国后，多了一个归国华侨的身份，不仅安排了好工作，后来还落了个离休待遇，一个月光离休金就一万多。父亲以前没少为这个懊恼，总念叨着："我当时要是也去朝鲜就好了。"

曲名利对此却看得很淡，各人有各人的命，强求不得。不过，曲名利也曾设想过，父亲要是有大伯的待遇，眼下的境遇会不会好一些呢？三弟自从那次争吵之后，不仅再没来看过父亲，连带着和大哥、曲名利也不再联系。

小时候亲密无间的三兄弟，如今泾渭分明地分成了两个阵营，曲名利觉得不是那么回事儿，一直想从中调和一下，却苦于无从下手，一方面没有时间，另一方面也不知道该怎么说。他从小嘴就拙，有时候明明知道是这么个理儿，落实到嘴上就别别扭扭地说不出个所以然来。一想到这些闹心的事，曲名利就叹气。

眼瞅着4点半了，大哥还没回来。停车场要求下午5点前必须到岗，大哥家距离停车场坐公交车有5站地，兄弟二人每天下午的交接班时间约定俗成在4点半。

大哥会木匠活儿，白天有没有活儿没个准儿，有活儿就干，没活儿就去棋牌室打麻将，运气好的话赢的钱比干活儿挣得还多。天冷了，活儿少，他基本上天天泡在棋牌室。

曲名利给大哥打了个电话，问他什么时候回来。电话里能听哗啦哗啦的洗牌声，大哥的语气不太耐烦，只说了一句："知道了,这就回。"就把电话挂了。

曲名利心里明白,大哥今天又输钱了。

快5点时候,大哥铁青着脸回来了,曲名利已经提前做好了晚饭,也没敢多说什么就走了。哥儿俩从小就是这样,只有大哥埋怨曲名利的份儿,曲名利从没说过大哥一个"不"字。父亲瘫了之后更是如此,曲名利凡事尽量顺着大哥,给父亲洗澡、刮胡子、剪指甲这类的活儿基本包在自己身上,为的就是让大哥心里平衡一点。曲名利总想着,大哥也不容易,虽说照顾父亲不如自己,可也不能说差,遇到父亲便秘几天不拉屎,也能毫不含糊,直接上手去抠。

2

赶上了下班晚高峰,公交车上满满当当的,曲名利挤在人堆里随波逐流。后来到了一个大站,下去了一些人,曲名利才挪到一个有扶手把靠的位置站着,又上来更多的人,车厢里仍然拥挤不堪。这样的场景曲名利每天都要经历两次,早上下班的时候正好是别人的上班早高峰,尽管人挨着人不怎么舒服,但曲名利心里头踏实。毕竟自己是有工作的人,能工作就说明自己是有用的人。可儿子却不这么想,一直嫌弃曲名利的看车人身份给他丢人了。

儿子第一次要求曲名利辞掉看车的工作，是在他升任总经理那天。

"我现在大小也是个老总，你在这儿看车算怎么回事儿？让人知道了我脸往哪儿搁……"

那天晚上，曲名利在看车亭外被训斥了许久。路灯将父子二人的影子斜着投射到地上，长一点的影子一直处于动态，对矮一点的影子指指点点、比比画画。曲名利像个犯错误的孩子，始终低着头闷着声。那情形，倒像是儿子才是老子。最后，望着儿子悻悻离去的背影，曲名利发出一声长长的叹息。

下了公交车，曲名利一路小跑着往停车场奔去。停车场位于一个老旧居民区的一条小巷子里，是个马路停车场，就是在道边立个小房，在地上画上线就收费的那种。总有人说，这种夜间停车场虽然有收费许可证，却并不合法。曲名利也闹不清楚到底合不合法，只知道这几年，这种停车场越来越多，几乎占据了大连的每一条大街小巷；只知道在这里看车，一个月能有两千元的收入；只知道到了晚上，这条不长的小巷就是独属于他一个人的小天地。

曲名利迟到了半个多钟头，来到巷口时，天已经擦黑了，放眼望去，顿觉情况不妙。数了数，有八台陌生车辆占据了收费车位。根据停车场的规定，下午5点到次日凌晨5点是收费停车时间，在此期间，要保证交费车辆有位置停车。

曲名利顾不上去看车亭换工作服，立即到那八台陌生车辆前寻找联系电话。有六台车的车窗上留了电话，一一打过去，五个打通了，均表示马上挪车或者很快就开走。另外一个死活不接电话，曲名利也没辙，只能干等着。

其实老板交代过，有不留电话的或是不挪车的，直接把车牌号报给他，由他来处置。曲名利知道老板自有他的各种手段，但他不愿意生事端，寻思着可能停一会儿就走了，等着就是了，不轻易向老板报车牌号。

这处停车场是七年前设立的，在这之前，一直处于"群雄割据"状态，有自画车位安地锁的，有用大石头、旧轮胎、破桌椅等各种障碍物占位置的，还有人肉占位置的。总之，一切能想象得到和想象不到的占位工具和占位形式都在这里出现过。为此产生的各种矛盾和纠纷屡见不鲜。

停车场进驻之后，一刀切，只有交费才能停车，一个月租金一百五十元，按年交的话一千五百元。原先占不上车位的车主夹道欢迎，带头交钱。巷子两边一共画了四十七个停车位，不到一上午的工夫全都租了出去。后来，架不住"狼多肉少"，又把一侧人行道也画上了停车位，小巷的另一侧是面大墙，无法拓展空间。至此，小巷能画停车位的地方全画上了车位。但仍然不够用，那些没租到或者说根本不打算花钱停车的车主自然不甘心，有四处告状说停车场违法经营的，有暗中搞破坏划车的，也有的就是死扛，我就在这儿停车，就不交钱，你能把我怎么样？最后全被老板给摆平了，停车场的运营才算进入正轨。

周边的住户大多是工薪阶层，这也直接体现在了车上，停车场里鲜有超过五十万元的高档车，多是一二十万的普通车。有的车每天来回进出无数趟，有的车十天半个月也不挪一次窝。尽管都是普通车、普通人，但形形色色的车主，性格迥异，作息时间不一样，处事方式不同，曲名利周旋在中间受了不少夹板气。刚开始实行固定车位，一号一位，表面看起来很有秩序，可弊端也是显而易见的。只要一两台车没停在自己的位置上，整个停车场就会乱套。有的车主好说话，只要有个地方停就行；有的爱计较，曲名利赔着笑脸安抚几句也就过去了；有的认死理儿，必须停在写有自己车牌号的位置上，这时候就得反复沟通联系，少不了要受气看脸色。

后来，上头说固定车位不合法，就给取消了。这个上头具体是谁，曲名利不清楚，反正比老板权限大，这里面的道道挺多、挺复杂，他从不多问，一门心思就想端好自己的饭碗。

在所有的车里，那台红色的江淮瑞风S3每天回来得最晚，也最让曲名利操心。车主是两个年轻姑娘，一个染了一头黄毛，另一个焗了一头雪白的头发，车子两人轮流开。黄毛和白毛长得有些像，都是那种整容脸，白得瘆人，一对夸张的大眼睛，配着一个突兀的挺鼻梁，尖尖的下巴像个锥子一样，仿佛一不留神就能扎破自己的喉咙。二人的穿着更是非主流，概括起来就是一个字——露，夏天露肚脐，冬天露大腿。在曲名利看来，这就是不着调。

俩姑娘看起来不太着调，实际接触起来，倒让曲名利刮目相看，不仅待人和和气气，还特别通情达理。赶上没地方停车的时候，从不让曲名利为难，一句多余的话都没有，直接把车开到附近主路的道边停放。那个地方早上经常有交警贴条，俩姑娘即使被贴条了也从没向曲名利抱怨过一句。这让曲名利心里很不得劲儿，毕竟人家是交了停车费的，所以每到半夜临近12点的时候，只要有空车位，曲名利都会站在车位上，等着江淮瑞风S3。

俩姑娘也领情，经常给曲名利一些没吃过一口的盒饭。接触时间长了，曲名利和她俩也就熟了。她俩在一家酒吧工作，黄毛负责唱歌，白毛是个DJ，至于"DJ"具体是做什么的，曲名利不清楚，人家没细说，他也不便多问。

3

到晚上9点的时候，只剩一台没留联系电话的丰田卡罗拉还占着收费停车位。已交费的车里，除江淮瑞风S3外，其他车都回来了，停车场已无空余位置。这意味着江淮瑞风S3可能又没地方停了。

供曲名利栖身的看车亭是那种简易的小彩钢板房，里面的陈设非常简单，一张桌子，一把椅子，一个衣架，一张比婴儿床大不了多少的小折叠床，一水儿的旧物，扔到大街上都没人捡的那种。顶棚上的小灯泡发出昏黄的幽光，映得曲名利那头原本灰白相间的头发也成了土黄色，仿佛一丛秋日的枯草杂乱无章地堆在头顶上。

一年四季，前三季倒没什么感觉，冬天就不好过了。小彩钢板房不保温，大北风一刮，整个房体都跟着颤悠，里面就别提有多冷了。房子里搭的是临时电，用不了电暖器一类的大功率电器，曲名利只能穿着大棉袄干挺着。

前年冬天，隔壁老于负责的那个停车场，由老板出钱给看车亭外边安了保温板，曲名利特意过去感受了一下，确实暖和多了。老于的老板和曲名利的老板不是一个人，别看两个看车亭离得很近，却各有各的营业执照。不同老板的停车场之间，也存在竞争和各种矛盾。刚开始的时候，老于那个停车场老板不怎么讲究，明明只有三十几个停车位，愣是收了五十多个车主的钱。车主们交了费却没地方停车，就跑到曲名利这边停，不仅停了，还停得理所当然的。这必然要起冲突，曲名利解决不了，只能老板出面。后来，曲名利也不知道老板具体是怎么运作的，反正老于那边的车再没在曲名利这边停过。

曲名利和老于也成了朋友，老于常说曲名利老实得像个傻帽儿，遇到临时停车的，收他个三五块钱揣进自己腰包里，每个月积少成多，也是一笔不少的额外收入。老于就是这么干的，而且干得"名正言顺"。周围几个停车场的管理员也都这么干，只有曲名利是个另类。

老于总想给曲名利同化了，有一次专门动之以情晓之以理地开导曲名利。曲名利没等他把话说完就打断说："老板没说收。"

老于眨巴了两下那对小三角眼后,说:"老板也没说不收。"

曲名利直接回怼道:"这是不义之财。"怼完了,他一转身,背着手走开了。

老于气得一边跺脚,一边冲曲名利的背影大骂:"这个死心眼儿,脑子被驴踢了。"

曲名利的老板是个40多岁的壮汉,身高接近一米九,长得浓眉大眼,虎背熊腰的,承包了五个停车场。曲名利已经跟着他干了八年,刚开始在太原街那边,七年前这里设立停车场,就到这儿来了。

曲名利挺羡慕老于的,也想和自己的老板申请安保温板,却一直没好意思说,也没机会说。原先管理员代收停车费的时候,每个月还能见到老板一次。现在都是直接扫码交费,钱不用过管理员这一手,一年难得见老板一回。

后来,曲名利终于抓住了一次机会。去年夏天有天晚上,老板心血来潮,晚上9点多,开着车到承包的五个停车场分别转了一圈,顺便查查岗。这一查就查出了不少问题,有的管理员不在岗,有的在岗却在看车亭里呼呼大睡。只有曲名利一个人尽职守责,在停车场里巡视。老板见状挺高兴,就问曲名利工作中有什么困难。曲名利趁机说:"冬天看车亭里太冷。"老板又问有没有办法解决。曲名利回答："隔壁安了保温板。"老板听罢，豪爽地一挥手说："咱也安。"

曲名利心里乐开了花，可左等右等，却一直没能等到下文，去年又挨了一冬天的冻。曲名利寻思老板可能是太忙，给忘了。今年开春的时候，曲名利又见了老板一次，委婉地提了一嘴安保温板的事儿。老板表示，一直惦记着这个事儿，没给安的原因是，上面有消息说看车亭属于违章建筑，近期可能要全部拆除。曲名利心里明白，安保温板的事儿就算是黄了，说看车亭是违章建筑不是一天两天了，吵吵了这么多年，也没见哪个看车亭真被拆了。

曲名利是去年正式退的休，每个月有了三千多的退休金以后，经济上宽裕了不少，听老于说安保温板也用不了几个钱，就琢磨着今年天冷之前，自己掏钱买保温板安上。

4

大连的天气总是比节气慢上半拍，虽是立冬的夜晚，却并不怎么冷。在曲名利的潜意识里，不下场雪怎么称得上是冬天呢！

望着周围的万家灯火，曲名利偶尔也会感慨，要是有一盏灯属于自己该多好！不过，曲名利还是挺喜欢这份看车的工作，它不仅充实了曲名利单调枯燥的生活，也给了他无数个宁静的夜晚。每到夜深人静的时候，总会有一种错觉，好像世上的一切都静止不动了，只有他一个人是清醒的，那种感觉太美妙了。

曲名利一般晚上6点到7点这个时间段最忙，忙过了这一阵，基本上就闲下来了。晚上长时间一个人待在看车亭里，难免会有无聊的感觉。曲名利倒是很珍惜这种感觉，以前在医院干护工那十几年，没一刻闲着的时候，每天精神都处在高度紧张的状态。

曲名利手机没流量，也不会上网，晚上在看车亭里就喜欢胡思乱想。他想得最多的一个问题是：自己的人生是如何一步一步走到这个小小的看车亭里的呢？

初中毕业那年，赶上了上山下乡，跟着一群小伙伴去庄河步云山做了四年知青。抽调回城时，曲名利21岁，被分配到一家国营工厂当工人。那年月，国营工厂的正式工很吃香。曲名利也是意气风发，总想着以后的好日子长着呢，再干二十年自己也才41岁，哪想到时间一晃就过去了，自己都61了。

刚进厂的时候，学徒工可以自己选工种。曲名利选的是最没技术含量的装卸工，也就是俗称的力工，不为别的，就为装卸工每个月比其他工种多挣四块五。儿子后来说曲名利目光短浅，这一点曲名利自己也承认，1998年下岗大潮来临时，第一批下岗名单里就有曲名利。80年代中后期有那么几年，厂里和电大联合办学成立"工大大专班"，曲名利考上了，却没去念。因为要脱产学习两年，每个月厂里只给开基本工资。曲名利的两个师兄弟去念了，毕业拿到文凭后走上了领导岗位。为这个，儿子又说曲名利没远见。可曲名利心里也委屈，儿子从小就爱吃扒鸡，曲名利每个月都要给儿子买一只吃。儿子当年手举着鸡腿大快朵颐时，怎么不说曲名利目光短浅、没远见？

这些委屈曲名利从没对儿子说过，从心底里，他还是觉得对不起儿子。曲名利的爱人也是1998年下的岗，那时候儿子上初三，正是往高中升学的关键阶段。家里不能没有收入，无奈之下，没有技术傍身的曲名利两口子只能去干别人不愿意干的活儿。曲名利在医院里当了一名护工，爱人身体不好，干不了体力活儿，在医院里做起了保洁员。

有时候偏偏怕什么来什么，家里的变故也间接影响到了儿子。儿子原本成绩不错，属于稳上重点线的水平。结果初升高考试的时候，没能发挥好，差了五分，想上重点只能自费，一年八千五百元，三年加起来一共两万五千五百元。

那段时间，曲名利两口子成天唉声叹气、愁眉不展，儿子也是总吊着个脸子，没个笑容。

后来，爱人用商量的口气跟儿子说："不行咱就念个普高吧。"一听这话，儿子脸黑得像块木炭，头也不回地摔门而去。

曲名利见状，咬了咬牙向亲戚们借钱给儿子凑够了学费。就这样儿子还是不满意，因为他是班里最后一个报到的，同学们私底下都议论说他是走后门上的学。

儿子上了高中，越来越爱慕虚荣，吃的穿的都不能将就。曲名利不怪儿子，人家孩子能有的，咱也尽量满足孩子。唯一让曲名利心里不舒服的是，儿子从不让他去开家长会，每次爱人临去开家长会之前，儿子都要求其乔装打扮一番。每每看着爱人"盛装"出门，曲名利都在心里默默叹息，爱人起码还有捯饬的余地，自己呢，是不是在儿子眼里已经一无是处了呢？

让曲名利比较宽心的是，儿子虚荣归虚荣，学习成绩依然不错，高中毕业后考上了一所名牌大学。曲名利两口子拼死累活一直供到儿子大学毕业，本以为可以稍稍松口气了。不想，更大的难题很快就来了。儿子在大学期间和一个女同学处上了，二人商量好了一毕业就结婚。女同学家也是大连的，家里有个卖医疗器械的公司，挺有钱的。

准儿媳妇是个急性子，脾气不怎么好，即便当着曲名利两口子的面儿也常朝儿子耍性子。曲名利对这个女孩儿不太满意，他了解自己的儿子，知道她并不是儿子喜欢的类型，儿子要与她结婚，更多的是看中了她家里的条件。曲名利专门找儿子谈了一次，但没用，儿子铁了心要吃这碗软饭。对此，曲名利一直十分自责，总觉得归根结底还是自己没能耐，要不是家里的日子一直挺紧巴的，儿子也不会这么看重物质条件。

结婚首先得买房子，两家人坐在一起商量的时候，曲名利的亲家母，也就是那位医疗器械公司的总经理，直接发号施令：婚房必须是新房、不能小于一百二十平方米、必须在市内的中山区或者西岗区，必须全款购买。考虑到曲名利家的情况，总经理表示，自己家可以出八成，曲名利家出两成就行。曲名利本想说："我家是娶儿媳妇，不是嫁儿子，房款必须两家平摊。"可话到嘴边，想想之前的那些限制条款，本已张开的嘴巴又重新闭合，把话硬生生地咽回肚子里。

房子很快就选好了，可那两成房款却难倒了曲名利两口子。拿出全部积蓄又四处借了一大圈，还是没凑够。儿子一回家就黑着一张脸，嫌曲名利两口子太不给力，有一天，也是着急上火昏了头，儿子说了一句不中听的气话："人家把条件都降得这么低了，咱家还满足不了，我这辈子投生在咱家算是倒八辈子血霉了。"

曲名利的爱人气得当场昏了过去，到医院一检查不要紧，竟然查出得了胰腺癌。这下更没钱买房子了，爱人在胰腺癌确诊后，不到一年人就没了。儿子又等了一年才和那个女孩儿结婚，女孩儿家出钱操办的一切。

在儿子的婚礼上，曲名利更像是一个多余的人，他真真切切地体验了一回嫁儿子的感觉，忍不住又在心里叹息起来。

5

到了晚上9点半，曲名利像平时一样，到附近的一家二十四小时营业的拉面馆吃拉面。选择这个时间吃晚饭是有学问的，吃得太早半夜会饿，吃得太晚又扛不住。人生在世，免不了吃喝拉撒。曲名利不像老于那样，小便随意找个墙根儿就地解决，他觉得那样和小猫小狗没什么区别。他在看车亭里备了个大饮料瓶，有尿就尿在饮料瓶里，再拿出去倒掉。

吃完拉面,曲名利踩着一地白亮亮的月光往回走,空空荡荡的街道只有曲名利一个独行客,路灯把他的影子拉伸成片状,看起来仿佛皮影戏里的人物。每次走这段路,曲名利都会想起爱人。爱人在世时,每天晚上都来送饭。饭后,爱人总要陪着曲名利在停车场里散一会儿步,再一个人坐公交车回家。二人常常什么也不说,就那么慢慢地走着。

有一次散步时,曲名利突然对爱人说:"找个时间咱们去一趟北京吧?"

去首都北京看一看,一直是爱人的心愿。爱人顿了顿说:"等你退休了的吧。"

类似的对话之前也有过好多次,爱人每次的回答都是等:等儿子上了大学吧,等儿子大学毕业了吧,等儿子结婚以后吧……等到最后也没能去成。每每想到这里,曲名利心里就有一种钻心的痛。

拐了一个弯,步入属于自己"管辖"的停车场,曲名利远远地看到那台丰田卡罗拉仍然静静地停在那里。他失望了。空气中,响起了一声轻轻的叹息。

这时,一个体态肥硕的胖男人从大墙一侧的楼梯上慢慢走下来,肚皮上晃晃悠悠的赘肉肆意地甩来甩去,极富节奏感。他罗圈着双腿蹚步到一辆黑色的比亚迪唐旁边，打开车子后，从后备厢里取出一个摄影支架，又锁上了车。

胖男人一回身看到曲名利，连忙热情地打招呼："吃饭去了呀，大叔。"

曲名利点了点头，说："小魏呀，你这可是又胖了一圈哈，真该减减肥了。"

小魏嘿嘿笑了两声，有些不好意思，诺诺连声后就又挪上了楼梯。曲名利望着小魏略显蹒跚的背影，不住地摇头叹息。

曲名利在这个停车场看了七年车，和车主们自然也早就熟悉了，虽说大多只是点头之交，但也有几个处得不错的，和这个小魏最对撇子。

二人的相熟十分偶然。有一年冬天的一个晚上，快11点了，曲名利看到小魏穿着睡衣气冲冲地钻进自己的车里，启动了车子后一直待在里面。那时小魏还不像现在这么胖，开的还是一辆二手的尼桑。

过了很长时间，也不见小魏从车里出来。曲名利不禁担心起来，这大冷的天，车里一定开了空调，这么长时间不出来，一旦睡着了很容易出意外。于是，曲名利来到那辆尼桑车旁。前后挡风玻璃盖着车衣，两侧车窗都贴了一层膜，看不清楚里面的情况，曲名利围着车转悠了好几圈后，又来到驾驶一侧的车窗旁。

手刚抬起来,还没落到车窗上,车窗就摇了下来。

"大叔,上来坐会儿吧。"

刚才曲名利的一系列动作,小魏在车里看得一清二楚,也明白曲名利的心思。

曲名利上车后和小魏聊得挺投机,小魏和曲名利的儿子年纪相仿,老家河北农村的,媳妇儿也是农村的,两口子一起干装修。他脑子活络,起初和媳妇儿只会刷漆,后来一点一点拓展,组建了自己的装修队,赚到了钱,在大连买了房,安了家。

曲名利很欣赏小魏这一点,觉得他比自己儿子有骨气。那晚小魏在家里和媳妇儿吵完架后,一个人跑到车里生闷气。曲名利的出现,让他有了倾诉对象,和曲名利说了许多心里话。曲名利从长辈的角度说了一些开导小魏的话,二人就此熟络起来。

大概两年前吧,小魏装修的活儿不干了,搞起了直播,而且还拉着曲名利一起搞。

一天晚上,小魏来到看车亭神秘兮兮地对曲名利说:"大叔,咱们拍视频直播吧,我想好了,名字就叫'看车人的日常生活',肯定有钱赚的。"

"咋拍?"曲名利懵懂地问道。

"我录你说。"

"说什么?"

"就说说看车的事儿。"

"完后呢?"

"完后就播呗。"

…………

小魏好一通解释,曲名利也没弄明白直播到底是怎么一回事。

"这跟要饭的有什么区别?"曲名利最后不以为然地问道。

小魏乐了,知道多说无益,但还是以帮个忙为由软磨硬泡了一番,曲名利最终勉强答应试着录一次。

然而,在镜头前,曲名利忽然不会说话了。大脑一片空白不说,连手和脚都像是别人的,不知该往哪里放。

小魏无奈,只好写了一段词让曲名利背着说。可曲名利总是磕磕巴巴,背不全乎,听着也不怎么自然。小魏最终只好放弃了同期录音,由他替曲名利后期配音。但在平台播出来后效果非常好,一个晚上光点赞数量就达到了几十万。

第二天晚上,小魏再接再厉,又录了一段播出,依然大火。当天深夜1点,正在看车亭里睡觉的曲名利被手机声吵醒。电话一接通，传来儿子气急败坏的声音："你还嫌不丢人是不是？还搞到网上去了！马上删掉，明天就给我辞了这个破活儿。"

曲名利一时有些恍惚，片刻后才明白儿子的意思，刚要给儿子解释一下，那头已经挂断了电话。

等小魏再来看车亭时，曲名利说什么也不肯再录了。后来，小魏送来了五百元钱，说是直播的报酬，曲名利没要。

小魏最后确定的直播方向是吃播，而且干得有声有色，不仅换了新车，还不用像干装修时那么奔忙了。曲名利看着体重直线上升的小魏，隐隐有些担忧，总觉得他是不务正业，也始终无法理解，吃吃喝喝就能赚钱？天底下哪有这样的道理！

6

深夜1点，天凉了许多，那辆丰田卡罗拉已经开走，曲名利站在它留下的空车位里，远远地看到江淮瑞风S3回来了，脸上浮现出欣慰的笑容。车子在车位旁停下后，白毛的脑袋从驾驶一侧的车窗里探了出来。

"大爷，和您说过多少回了，别等我们。这大冷的天儿，您等了多长时间哪?"

"不碍事儿,人老了觉也少了,闲着也是闲着。"

白毛停好车子下车后,径直拉开后排车门钻了进去,旋即又出来了,对正欲离开的曲名利恳求道:"大爷,能不能帮忙扶一下我姐妹儿?"

曲名利这才意识到一直没见着黄毛,来到后排车门前,看到不省人事的黄毛披头散发,穿着鞋四仰八叉地躺在后排车座上,像是喝醉了。

曲名利和白毛合力将黄毛抬出车外,黄毛的身体软得像一摊烂泥,根本拿不成个儿。曲名利只得背上黄毛,在白毛的引领下,往她们的出租屋走去。黄毛的脑袋歪在曲名利后脖颈上,嘴上不时哼唧着一句半句不知所谓的胡话,同时喷出阵阵浓重的酒气。

虽然只走了三两分钟就来到她们出租屋所在的那栋楼外,但曲名利已经有些吃力了,不禁在心里暗暗感慨,不服老是真不行了,年轻时身上一把子力气,哪会在乎背个女人走这几步道!

曲名利驻足原地调整了一下呼吸后才重新起步,白毛在前面引领曲名利进到楼洞里。她轻声说:"真是麻烦您了,大爷。"

"不碍事儿。"曲名利嘴上说得轻描淡写，可呼哧带喘的语气已经出卖了他。

好不容易上到五楼俩丫头的出租屋门前，曲名利稍稍直了直身子，算是放松一下。可就在白毛掏钥匙的当口儿，黄毛忽然剧烈地呕吐起来，曲名利顿觉脑后及脖子后面一热，旋即，一阵强烈的酸臭味直冲两个鼻孔，同时，一股股稀溜溜的液体，擦过耳朵源源不断地流淌到两侧脸颊，再滴落到地上。

"要了命了我的姑奶奶，早不吐晚不吐，偏偏这个时候吐！"白毛喊了一句，有些手足无措。

曲名利不敢乱动，只能强忍着。好在黄毛很快就吐完了，曲名利赶紧让愣住了的白毛快点开门。

进屋后卸下黄毛，曲名利立即跳进卫生间，对向马桶连着呕了好几下，先前吃的拉面全吐出来了。他后脑勺的头发上沾着不少污秽物，后脖颈子上也有，工作服大衣后面更是附着了一层厚厚的污秽物。衣服肯定没法穿了，头发也得马上洗一下。

白毛安顿好黄毛后，迅速来到卫生间给曲名利打开了热水器。曲名利人老了，头发也少了，虽没秃顶，也只有一层薄薄的头发勉强覆盖头皮，用了没多久就洗完了。

等曲名利顶着一头湿漉漉的头发走出卫生间时，白毛已经拿着电吹风等在卫生间门口了。

"我得回了，车场不能离人。"

曲名利把大衣胡乱团在手里，身上只穿着件旧毛衣，说着就要往外面走，被白毛给拦了下来。

"大爷，您把头发吹干了再走，别冻感冒了。衣服也留下来，等我洗干净了还您。"

"不用了，就几步道的事儿。"

白毛不由分说，上来一把抓过曲名利的一只手腕就往里面走，曲名利不知道她要搞什么名堂，只能亦步亦趋地跟在她身后，也顺便简单环顾了一下整个出租屋。屋子不大，一室一厅，多说能有三十平方米，却凌乱不堪，女人的胸罩、内裤、丝袜等衣物杂乱无章地散落在客厅的地板上、茶几上、沙发上。黄毛仰面躺在卧室的床上，鼾声如雷。

穿过卧室就是一个小阳台，透过阳台的窗户可以看到曲名利的看车亭。

"大爷，您就在这里吹头发，还能看到车场。"

白毛边说边把电吹风的插头插在电源上，又试了一下，电吹风的呜呜声登时响了起来。

曲名利还是第一次从这个角度俯视看车亭，此时的看车亭伴着昏黄的灯光孤独地伫立在那里，仿佛在静静地倾诉着什么。

曲名利看得出了神，一时忘了接白毛递过来的电吹风。等他回过神来的时候，白毛已经主动替他吹起了头发，一边吹还一边用手轻轻拨拉着曲名利的头发。

曲名利有些不好意思，伸手要去拿白毛手里的电吹风。

"您就别沾手了，我来吧，快好了。"白毛随口说道，继续帮曲名利吹头发。

"大爷，您今年多大年纪了？"

"61岁了。"

"噢，比俺爸整整大十岁呢。"

…………

二人一问一答的闲聊让曲名利大致了解了白毛以及黄毛的概况。白毛今年27岁，老家丹东的，家里有个馄饨馆，职高毕业后就出来闯世界，原本答应过家里，25岁还没闯出名堂就回家继承馄饨馆，可因为舍不得和好姐妹黄毛分开，一直没兑现诺言。黄毛比白毛小一岁，老家也是丹东的，唯一的梦想就是有一天能成为歌星。两姐妹五年前通过合租相识，进而成为死党，相约一个当歌星另一个做经纪人，永远不分开。

白毛一直留给曲名利的印象是尽管造型前卫了点，但人还算文静。可白毛今晚不知为何话特别多，手上吹头发的动作更是认真到极致，每一根发梢都不放过，速度极慢。偏偏曲名利急着赶紧吹完头发好返回看车亭，再说深更半夜待在人家小姑娘家里也不是那么回事，可白毛话匣子打开后就一直没有停下的意思。曲名利只得硬着头皮听着，嘴上还得不时应付一两句。

末了，白毛手上的动作总算停了下来，却冷不丁冒出一句话来："大爷，您说我俩能永远在一起吗？"

曲名利探头望着窗外的看车亭，心不在焉地回答："傻孩子，怎么可能呢？你们总得找婆家，组建自己的家庭啊。"

"是呀，怎么可能呢？天底下哪有不散的宴席！"白毛若有所思地沉吟道。

曲名利没注意到白毛眼神里有一抹淡淡的哀怨，见她终于停了下来，赶紧逃似的离开了。

回到看车亭，曲名利终于可以安心睡觉了。说是睡觉，其实就是和衣蜷在那个小床上闭着眼睛时断时续地眯一会儿。没办法，不敢睡太实，有个风吹草动就得马上起来。天气冷了以后也不可能睡得太实，尤其到了后半夜，气温又降了一个台阶，就更没法睡了。

每到凌晨5点钟左右,曲名利就走出看车亭,在停车场里来回溜达,让身体产生一点热量,权当锻炼了。

7

又一个薄雾弥漫的清晨来临,所有的车身上都挂了一层霜。天彻底放亮的时候,儿子开着车来到看车亭前停下,这几天曲名利的手机出了点问题,无法外放音乐,让儿子过来给看看。见曲名利从看车亭里出来,儿子没下车也没熄火,坐在车里催促快点把手机拿给他。

曲名利忙不迭地掏出手机递给儿子,儿子接过去低着头捣鼓了几下就好用了。

"爸,就这点小问题,也值得我大老远的专门过来一趟啊?你随便找个人弄一下不就完了吗?"

"这不挺长时间没看着你了吗?"曲名利嗫嚅道。

曲名利知道儿子待不了多久,抓紧时间询问两岁的小孙子新新的近况,儿子简单应付了几句后,双手搭上方向盘,作势要离开,却又把脑袋探了出来。

"这破活儿咱能不能不干啦?你要就是闲不住,给我看店得了,总雇外人看店我也不放心。"

儿子反对曲名利看车不是一天两天了，曲名利也不是没想过遂了儿子的意，可他就是舍不得这份工作。活了大半辈子，从来都是被人指挥，没人听他的，只有在停车场里指挥各种车辆入位的时候，他才能得到一种自己也说不清道不明的成就感。看车这些年，虽说遇到过不少闹心的事，可也有很多温馨的回忆。就拿去年除夕来说吧，鞭炮声此起彼伏，夜空被各种礼花映照得五彩斑斓，曲名利一个人窝在看车亭里，心里特别不是滋味。一次巡视后回来，桌子上多了一个塑料饭盒，打开是满满登登的一饭盒饺子。

曲名利把那盒饺子捧在手心里，袅袅上升的热浪直往脸上扑，从饭盒底传来的热量也源源不断地通过手一路飞驰到心里。爱人去世后，曲名利大年三十就没吃过一次饺子。

会是谁送的呢？曲名利在脑子里翻腾起了人物簿。

儿子？曲名利摇了摇头。

大哥？曲名利又摇了摇头。

老板？曲名利还是摇头。

慢慢地，一个和他年纪相仿、鹅蛋脸、大眼睛、一头卷发的老太太浮现在曲名利的脑海里。会是她吗？曲名利有些不确定，又隐隐约约觉得一定是她。

那是一个雨夜,曲名利在看车亭里看到她一只手擎着伞,另一只手抱着一个五六岁的小女孩儿,在道边左顾右盼,显得十分焦急。都快12点了,很少会有出租车从这里经过,曲名利心想。

曲名利披上雨衣从看车亭里出来,快步跑到她身旁询问情况。她急得哭诉起来,怀里的孩子是她孙女,正在发高烧,已经昏厥过去了。

曲名利让她抱着孩子去看车亭里等着,他留在雨幕里拦车。等了很久也没看到一辆出租车,就在心急如焚的曲名利准备到主路上拦车的时候,江淮瑞风S3那俩丫头回来了,一听说是这种情况,立即驱车载着她和小孙女去医院,曲名利这才长舒了一口气。

事后,她专门到看车亭里向曲名利道谢,二人也就算是认识了。她不太健谈,每次见到曲名利大多只是微笑着点一下头,曲名利以同样的方式回应。曲名利不知道她叫什么名字,也不知道她家具体的门牌号,只要人家没主动说,他从不主动探问。

那顿饺子曲名利吃得特别香,那个精致的塑料饭盒曲名利拿回家刷干净后再带回看车亭,静静地等待主人的现身。

大年初五晚上,曲名利正弓着身子往大饮料瓶里撒尿的时候，她来了。她轻轻的敲门声，惊得曲名利把自己的尿液喷溅到手上。他手忙脚乱的，十分狼狈，像个犯错误的学生迎接家访的老师一样，把她迎进看车亭里。

"过年好。"她轻声说。

"过年好，过年好。"

"我来拿饭盒。"

曲名利有些激动，本想说声"谢谢"，嘴巴张开了，嗓子眼却不知道被什么东西给哽住了，没发出声音。

"饺子好吃吗？"她又问。

这回曲名利终于勉强能发声了："哦，好吃，好吃。"

但是，直到她离开看车亭，曲名利本该说的那声"谢谢"也没能说出来。

曲名利觉得自己很丢人，低头看见地上立着的那个大饮料瓶，盖子还没来得及盖上，抬脚就给踢翻了。顿时，淡黄色的液体顺着瓶口倾泻出去，像画地图一样在地上快速洇开。

8

见曲名利又低着头不吭声了，儿子面露愠色，缩回脑袋开动了车子。

曲名利见状连忙又追了一句："亮子，有空去看看你爷吧。"

说话间，车已经蹿出去几丈远，从车窗里抛出来一个缥缈且不耐烦的声音："知道了。"

等车在曲名利眼里彻底消失的时候，他不由得叹了一声。

下了班后，曲名利回了趟家，从里到外换了身衣服才来到大哥家。平日里，白天在大哥家，晚上在停车场，一个星期难得回自己家一次。这次回家他发现，这个家真的不能再称之为家了，称为"窝"更合适。儿子一直在丈母娘的公司干，尽管官至总经理，可还是属于给别人打工的性质，这两年背地里自己开了个店，为省钱就用曲名利的房子当仓库。家里一共就两间屋，刚开始东西只占据半间屋的空间，后来一整间屋子都被各种医疗器械填满了，再后来，只剩下半间屋子可供曲名利活动。现在，几乎就剩下一张床的空间了，这不是窝是什么？

曲名利心里不大赞同儿子的做法，这属于有异心，住家过日子心不在一处，肯定过不好，要是被亲家一家发现了更是不得了。总想着劝劝儿子，可一方面不知道该怎么说，另一方面说了儿子也肯定听不进去。

来到大哥家之后，曲名利用手机给父亲播放京剧《定军山》，父亲是京戏迷，最爱听的就是《定军山》。好几天没听了，肯定心里早就痒痒了，曲名利是这样想的。

> 天助黄忠成功劳。
> 站立在营门传令号，
> 大小儿郎听根苗：
> 头通鼓，战饭造，
> 二通鼓，紧战袍，
> 三通鼓，刀出鞘，
> 四通鼓，把兵交。
> 上前个个俱有赏，
> 退后难免吃一刀。
> 三军与爷归营号……

曲名利不懂京剧，因为陪父亲一起听的次数太多了，时间长了，也能跟着哼唱几句。今天该是给父亲洗澡的日子，曲名利打了一大盆热水端到床上，坐在父亲身边用毛巾蘸着热水给老人家擦拭身体。父亲天天吃流食，早就瘦得没了人形，只剩下一副骨头架子。曲名利的动作十分轻柔，生怕一不小心擦破了父亲身上那层薄薄的皮，直接露出骨头来。

每次给父亲洗澡，曲名利心里头就难受，想当年父亲可是个膀大腰圆,一身英武之气的汉子。渐渐地,曲名利的喘息声越来越重,额头上沁出一层细密的汗珠,给老人洗澡是个体力活儿,给没有自主意识的老人洗澡,需要花费的气力格外多。等全洗完了,曲名利也快虚脱了,严格意义上说,61岁的曲名利也是老人,无论是体力还是精力和年轻时相比肯定天差地别。

歇口气儿的工夫,还没来得及给父亲屁股上垫上尿不湿,父亲就拉了,弄得满床单都是。曲名利叹息着苦笑了一下后,只得埋头收拾。他庆幸父亲不是在大哥面前"犯错误",不然大哥又该责怪父亲了。

有时候,看着父亲,曲名利也会瞎琢磨,自己以后若是像父亲一样倒下了,有人能照顾自己吗?每到这个时候,他都会强行中断思绪。

洗床单时,曲名利接到亲家公的电话,说家里的水龙头坏了,让他下午抽空过去修一下。

亲家公退休前是高中语文老师,正宗的知识分子,对修水龙头、通下水道一类的"男人活儿"不太在行,家里一有类似的活儿就找曲名利。这个家指的是曲名利的儿子家,不,应该说是曲名利的儿媳妇家。

两年前,孙子新新出生后,亲家公和亲家母就搬到曲名利儿媳妇家帮忙照顾孩子，儿子彻底成了上门女婿。现在儿子、孙子和亲家一家三口是一家人，曲名利是一个不折不扣的外人，至少曲名利是这么觉得的。不过，他并不反感亲家公拿自己当下人使唤，每次接到"派活儿通知"，马上应承下来，乐不颠儿地就去了。他知道这是亲家公给自己一个看孙子的机会。连儿子都不待见自己，儿媳妇就更不拿他这个老公公当回事儿了。孙子出生后，曲名利每次去看孙子，儿媳妇都没好脸色。曲名利逗孩子儿媳妇嫌他说话有口音会影响到孩子以后的说话发音，曲名利抱孩子儿媳妇嫌他身上不干净会把细菌传染给孩子。亲家母的态度也是如此，母女俩一个鼻孔出气，都属于那种强势的女人。

慢慢地，曲名利就很少主动去看孙子了。没人愿意给自己找不自在，曲名利也不例外，但孙子是老曲家的骨血，儿媳妇家即便是龙潭虎穴，只要有机会，硬着头皮也要去，能看孙子一眼也值了。亲家公与亲家母不一样，有修养，人也厚道。虽然看不惯自己老婆、女儿的做法，但在家里没多少话语权，只能通过其他途径给曲名利创造机会。

吃过午饭后没多久，大哥就回来了。曲名利已经提前打电话向大哥请好了假，下午去看孙子。没想到大哥会回来得这么早，曲名利一时高兴得不知道说什么好，大哥漫不经心地冲曲名利摆了摆手:"快去吧。"

9

　　大哥家在市郊,儿媳妇家在市中心,坐公交车需要倒两次车还得步行将近十五分钟,没一个小时根本到不了。曲名利等不了那么久,在道边打了一辆出租车,用了二十多分钟就来到儿媳妇家楼下。

　　亲家公开门后,兴奋地说道:"来了呀老曲,孩子睡了,她们娘儿俩去超市采购了,一时半会儿回不来。"

　　曲名利心里一阵窃喜。

　　儿媳妇家三室二厅,一百四十多平方米,单一个吃饭的餐厅就比曲名利那个"窝"大。曲名利换好拖鞋后跟着亲家公穿过长长的客厅,来到孙子的房间。小家伙儿正躺在自己的小床上,嘟嘟着小嘴做着美梦。曲名利站着床前,一直咧着嘴巴,口水都要流出来了。他贪婪地盯着孙子身上的每一寸肌肤,不放过任何一个小细节。曲名利忘情地看着,心都要化了,一时忘了自己到这里来是修水龙头的。

　　水龙头修好了以后,曲名利和亲家公在客厅一边喝茶一边聊天,想着等一会儿孙子睡醒了再和孙子玩一会儿。

不觉间，一个小时过去了，新新还没醒，曲名利已经在新新房间和客厅之间进进出出了无数趟。

他又一次在客厅的沙发上落座之后向亲家公问道："新新一般下午睡几个点儿？"

"没个准儿，猫一天狗一天的，有时半个点儿就醒了，有时三四个点儿也是他。"

"今天睡多久啦？"

"有俩点儿了吧。要不，我给新新叫醒吧。"

亲家公说着就起身要去新新的房间，曲名利赶忙站起来阻拦。

"别了，亲家，还是让孩子好好睡吧。"

曲名利这边和亲家公推让着，门口那边响起了转门的声音。很快，儿媳妇和亲家母手里拎着大包小包进来了。曲名利顿时局促起来，站也不是坐也不是。儿媳妇和亲家母却像没看见他一样，连个招呼都没打。

"傻站着干什么？还不快过来把东西接过去。"亲家母蹙眉说道。

曲名利下意识地和亲家公一起碎步上前，走了一半又停住了，他不确定亲家母是不是在叫自己。这时，从新新房间里传来了哭声。儿媳妇和亲家母闻声直奔新新的房间，曲名利紧随其后。

新新躺在床上闭着眼睛扭动着身子,嘴上哼哼唧唧的,像是没睡惺惺。儿媳妇上前一把抱起孩子,虎着脸扯开嗓子就吼起来。

"哭什么哭!缺你吃还是缺你穿了,天天在这儿碍眼……"

新新的哭声更大了,曲名利的脸上火辣辣的,不禁又开始手足无措起来。最后,在儿媳妇的咒骂声中,和前夜在黄毛和白毛的出租屋一样,曲名利又一次逃似的离开了。

10

只要一回到那个小小的看车亭,曲名利就自由了,再不用看任何人的脸色行事了。这个晚上的停车场也难得地让他省心了一回,没有外来车辆占据收费车位,交费的车辆都井然有序地停在车场里。

看车时间长了,曲名利也悟出点道道来。就像每个人活在世上必然要有个位置一样,停车也是同样的道理,车子只要熄了火,就必然得有个地方停。关键得找准自己的位置,找到位置后还要摆正位置。车与车之间一定要保持适合的距离，不然出车麻烦不说，还容易出事故。

傍晚6点的时候，她领着小孙女路过停车场，和正在巡视的曲名利迎面相遇。每晚差不多同样的时间，她都会带着小孙女从看车亭外经过。

"妞妞上完课了呀。"曲名利像往常一样，和蔼地对她的小孙女说道。

妞妞有点害羞地咧了咧小嘴笑了一下。她微笑着点点头，说道："巡查呢？"

"是呀。"曲名利还想说些什么，却一时想不到合适的内容。差不多每次和她不长的对话都是如此，起了话头之后，彼此又无话可说。每到这时，曲名利就有一种莫名的尴尬，他自己也说不清是为什么。

短暂的冷场后，她对小孙女说："和爷爷再见。"

她和曲名利似乎已经达成了默契，每次对话开头和结束都以小妞妞为媒介。

晚上闲下来的时候，曲名利有时也会想到她，想她的老伴从未现过身，不知是何状况。是离婚还是丧偶？两者貌似都和他没有任何关系，他却时常做着猜测。还有她的其他家人是工作太忙，还是身在外地？总是看她一个人带着小妞妞，那该有多辛苦！想着想着，映在脑海里的那张脸就慢慢变成了爱人的脸。其实她俩长得一点都不像，却又有许多相似的地方。难道不是吗？那个年代的人，甭管男女，都差不多，正值花季赶上了上山下乡，人生壮年遇到了下岗大潮，老了老了又要为儿女们带孩子，一辈子都在忙碌，一辈子都在为别人活着。

记得有天晚上，夜已经深了。曲名利在停车场巡视的时候，不经意间抬头望了一眼大墙上面，看到她一个人站在楼门口啜泣。她拼命压抑着自己，一只手捂着嘴巴尽量不让声音从指缝间漏出来，但肩膀的剧烈起伏还是出卖了她。

曲名利默默地仰望着她，有那么一瞬间，他很想走到她面前，哪怕什么都不说，只是静静地陪在她身旁。他不会安慰人，即使会安慰也没什么用，活到这把年纪，谁不是一肚子苦水。曲名利终究还是呆立在原地，让回忆定格住这样的画面：她在上面，他在下面；她在哭泣，他在叹息。

还不到9点半，江淮瑞风S3就回来了。这次是黄毛开的车，她和白毛下车后，一前一后大步流星地来到看车亭前。

"大爷，谢谢您。"黄毛说。

曲名利咧嘴笑着说："以后可别喝那么多了。"

"不，我还要喝，而且现在就喝，走吧大爷，我请您吃饭。"

曲名利一看时间，差不多该去吃拉面了，就顺势同意了黄毛的邀请，但他坚持只吃拉面。黄毛和白毛无奈，只好和曲名利一起来到拉面馆。

平时曲名利都是一碗光面解决问题，这次情况不同。黄毛和白毛不仅点了面，要了三盘大份的酱脊骨，还要了一打啤酒。这个时间点儿，拉面馆客人不多，一个衣着朴素的老头子和两个穿戴新潮时髦的年轻姑娘同桌吃饭，视觉效果有些不协调。曲名利也意识到了这一点，稍显不自在。

黄毛和白毛倒是落落大方，尤其是黄毛，跟服务员要来起子和两个杯子后，豪爽地直接开了一瓶啤酒，拿过杯子就倒了满满一杯送到曲名利面前。

曲名利上班时间不能喝酒，推辞了一番后黄毛也没再勉强。她伸手想把那杯啤酒拿到自己跟前，却被白毛抢了先。

"啥情况？你要破戒呀？"黄毛一脸疑惑，睁圆了双眼问白毛。

白毛抿嘴一笑，俏皮地晃了两下脑袋，没吱声，故意卖起了关子。

黄毛见曲名利也是一脸的茫然，解释说："这家伙平时可是滴酒不沾的。"

"噢，我说嘛，昨天你醉得不成样子，她却像没事儿人似的，原来是这样啊。"曲名利附和着说。

"今天和大爷一块吃饭，我高兴，怎么？不行啊？"白毛说。

"还是大爷面子大，我跟她认识这么多年了，她可从来没和我喝过一次酒呢。"黄毛故意装作赌气的样子，一直用余光斜睨着白毛。

说话间，拉面和酱脊骨都端上了桌，三人正式开吃。白毛兴致颇高，不仅主动引领话题，还频频举杯，完全不像是头一次喝酒。到后来她嫌用杯喝不过瘾，直接对瓶吹。在白毛一连喝下三瓶啤酒后，黄毛察觉到了不对劲儿，不住地劝白毛别喝了。

"还是喝吧，是头一次也是最后一次。"白毛悠悠地说道，她眼神已经有些涣散了。

"什么意思？"黄毛立即警觉地反问。

白毛苦笑了一下，说："我要回家当我的馄饨馆老板了，你去北京找你的梦想吧。"

黄毛愣了一下，双眉微蹙，面色逐渐凝重起来。

随后，二人争论了几句，一头雾水的曲名利才大致理出了点头绪。似乎是有家北京的唱片公司要签黄毛，却不能一同签下白毛，类似的情况以前也有过两次，都因黄毛坚持要和白毛共进退而放弃。这次白毛坚决不同意黄毛再放弃了。

二人最后僵持在那里，彼此对视着谁也不说话，场面沉寂得令人窒息。曲名利知道自己该走了，悄然退席把账结完后离开了拉面馆。

返回停车场时，一辆120急救车停在大墙一侧的楼梯口，旁边围了一群人，四个全副武装的医务人员正抬着担架从楼梯上缓缓走下来。楼梯本身不宽，空间有限，担架上的人太胖，四人抬得颇为费劲。小魏媳妇儿紧跟在后头，哭天抹泪的。曲名利心下一紧，不由得快步上前。等到了跟前，小魏已被抬进急救车。旋即，急救车闪烁着蓝灯呼啸而去。

众人渐渐散去，空气中，响起了一声重重的叹息。

11

黄毛去了北京；小魏被抢救了过来，却留下了严重的后遗症，再也不能开车了。对于这两个消息，曲名利不知该高兴还是叹息。攒了一个多月的脏衣服在家里摞成了堆，曲名利不得不专门抽时间清洗它们。

儿媳妇在曲名利洗衣服那天早上，生平第二次来到曲名利家。当她踩着高筒靴出现在曲名利面前时，曲名利怔住了。儿媳妇柳眉倒立,黑着脸环顾了一圈房间里的情况,似乎明白了什么,二话没说,转身就走。

直到儿媳妇靴子的嗒嗒声彻底消失,曲名利才意识到大事不妙,赶紧给儿子打电话汇报。此后一整天,曲名利都是在惴惴不安中度过的,也不敢再给儿子打电话问问情况,晚上在停车场里巡视时,也有些心神不定,连她领着小妞妞路过时,都能看出他的异样。

"没事儿吧?"她问。

"哦,没事儿,没事儿。"曲名利掩饰道。

然后,二人并肩走了起来。

"凡事放宽心吧,人这辈子就是那么回事儿。"她淡淡地说道。

曲名利"嗯"了一声,此时此刻,他突然想起了爱人,甚至有一种正和爱人一起散步的错觉。可惜,这段路走到楼梯口时,就必须要结束了。二人几乎同时站定,曲名利转身正欲和她道别时,发现儿子的车子不知什么时候已经停在身后。

儿子从车上下来后,脸色相当难看。这也难怪,此时的他已被丈母娘解除了总经理职务。

"原以为你是看车上了瘾,闹了半天是想'夕阳红'

啊！"儿子阴阳怪气地说。

她马上红了脸，一偏身，领着小妞妞快步跃上了楼梯。

曲名利又急又气，窘在那儿抬起一条不停颤抖的胳膊，手指着儿子："你……你……"

曲名利"你"了半天，再无下文。父子二人怒目相向，对峙着，道路被儿子的车堵住，后面已经压了一串车。不耐烦的喇叭声此起彼伏，更加剧了曲名利的窘迫，他的脸涨得通红，半晌，终于从嘴里蹦出两个字："你滚。"

12

曲明利赶在天气彻底变冷之前买来了保温板。安装的那天晚上，月朗星稀，既无风也不太冷。老于那个看车亭安装保温板的时候，曲名利特意过去看过，知道整个操作流程。看车亭本身面积就不大，用不了几块板子，安起来并不费事。

安装的过程中，她领着小妞妞路过，看到曲名利正忙活着，不禁加快了脚步，快速"逃离"了。自从那天晚上被曲名利儿子说"夕阳红"，她就开始绕着曲名利走。曲明利侧头看到这一幕，又是一声无可奈何的叹气。

曲名利安装完最后一块保温板后,站起身来,后退了几步,反复端详着"升级改造"后的看车亭,在不住地点头中,露出了心满意足的笑容。

这时江淮瑞风S3回来了,白毛下车后来到曲名利身旁。曲名利一脸欣喜地指着看车亭说:"我自己安的,你看怎么样?"

"这玩意儿挺好的,这下就不冷了。"

曲名利微微颔首,更得意了。

白毛落寞地说了一声:"大爷,明天我就走了。"

曲名利猜到什么,问道:"回老家吗?"

白毛重重地点了点头:"嗯。"

曲名利若有所思地说:"这样也好。"

"再见了,大爷。"白毛最后说道。

曲名利望着白毛渐行渐远的身影,没有再次叹息,却还是在心里暗暗感慨生命中的又一个过客就此远去。

那天夜里的看车亭比平时暖和了许多,但不知道为什么,曲名利弓在小床上久久未能入眠。后半夜,外面起风了,寒风虚张声势地透过窗户间的缝隙蹿进屋子里,在呼呼作响的同时,也让曲名利恍然想起,忘给窗缝封胶条了,不然屋子还是透寒。

翌日早上下班后，曲名利和大哥请了两个小时假，去了一趟五金商场。一番货比三家，讨价还价之后，终于买到了心仪的胶条。只要再给胶条封上，就齐活儿了，这个冬天终于不用再挨冻了。曲名利心里美滋滋的。

来到五金商场门口的时候，手机响了，是大哥来的电话。曲名利以为是大哥着急出去打麻将，谁知电话接通后，大哥直接说："咱爸不行了。"

赶到大哥家时，父亲已经咽了气，除了眼睛是闭着的，看起来和往常没什么不同。父亲刚瘫痪的时候，大夫就曾说过，老人家说不准什么时候就走了。这些年来，曲名利早有精神准备。不过，他自己也没想到，这一天真正来临的时候，自己的心里会出奇平静。

给父亲销完户口后，死亡证明很快就开出来了，久未露面的大嫂这时候也现身了。大哥一手拿着父亲的死亡证明，一手掏出手机准备通知殡仪馆派车过来把父亲的遗体拉走，曲名利却认为应该先通知三弟过来见父亲最后一面。大哥白了曲名利一眼，脱口说道："没这个必要。"

曲名利觉得不妥，反复坚持自己的意见，但大哥和大嫂根本听不进去。其间，大嫂还打电话催促殡仪馆的车快点到。曲名利劝说无果，只好自己打电话通知。岂料，三弟的电话始终无人接听。最后，在曲名利的长吁短叹中，父亲的遗体被殡仪馆的车拉走了。

之后就是给父亲准备葬礼的一系列琐事。曲名利始终认为，父亲去世这么大的事，应该告诉三弟。在他的努力下，终于辗转联系到三弟。多年未聚在一起的三兄弟，终于在父亲的葬礼上凑齐了。望着那张熟悉而又陌生的面庞，曲名利心里有一种说不出的酸楚。

遗体告别的时候，三弟哭天抢地，不能自持。大哥一脸愤懑不屑，努力克制着不去发作。曲名利则面无表情地伫立在一旁。

父亲的遗体被送去火化后，众人到休息室等待父亲的骨灰。中途，儿子悄悄附到曲名利耳边低声问道："我还有点急事儿，能不能先走？"

曲名利紧绷着脸，难得硬气了一回，从嘴里吐出掷地有声的两个字："不行！"

在休息室里，三弟还在不停地抽泣，并且非常有节奏，属于那种"说唱"的形式，哭一段，"唱"一段，间或夹枪带棒，指桑骂槐。大哥终于还是没忍住，与三弟爆发了激烈的争吵。曲名利全程默然坐在那里，仿佛周围发生的一切都跟他没有一丝一毫的关系。

父亲的骨灰送来的时候,争吵还在继续,各自的家属也都没闲着,纷纷加入战团,已经演变成了一场家庭之间的"战争"。儿子也趁乱不知道什么时候偷偷溜走了。在愈演愈烈的"炮火声"中,曲名利缓缓起身,走上前,一个人默默地往骨灰盒里捡父亲的骨灰。

13

曲名利将父亲的骨灰盒送到临时寄存处之后,就一个人离开殡仪馆,坐上了一辆公交车。车上的人不多,他在前面随便找了一个位置坐下。

坐定后,曲名利掏出手机看了一眼时间,显示上午10点05分。平时这个时候,曲名利正在陪父亲听《定军山》。想到这儿,他不由自主地随手点开了手机里一直保存的《定军山》。伴随着公交车无尽的摇晃,熟悉的旋律在车厢里蔓延开来。

  天助黄忠成功劳。
  站立在营门传令号,
  大小儿郎听根苗:

头通鼓，战饭造，

　　二通鼓，紧战袍，

　　三通鼓，刀出鞘，

　　四通鼓，把兵交。

　　上前个个俱有赏，

　　退后难免吃一刀。

　　三军与爷归营号……

　　听着听着，两行温热的泪水从曲名利的眼窝里汹涌而出，父亲去世后，他一直没掉眼泪，却在这个时候泪眼婆娑。他单手擎着手机，完全沉浸在自己的心绪中。由于手机外放音量过大，引来了其他乘客的不满，坐在后面几排座位上的人开始议论起来。

　　"真没素质，愿听自己回家听去。"

　　"他这是把公交车当成自己家了。"

　　"看来那话说得一点不假：不是坏人变老了，而是老人变坏了。"

　　…………

　　曲名利对此浑然不觉。

　　又过了一会儿，最后一排座位上的一个中年妇女实在忍不住了，站起来气势汹汹地走到曲名利身旁，大声呵斥道："吵死了。"并且一抬手把曲名利的手机打落到地上，《定军山》戛然而止，车厢里一下子安静了下来。

曲名利霍地一下从座位上弹起，条件反射般地挥起拳头，举到空中。他的眼睛红红的，已经瞪大到了极限，里面像是包裹着两团火焰。那个中年妇女被曲名利涕泪横流的样子吓了一跳，像个被扎破的气球，极速瘪了下去，又快步"逃"回自己原来的座位上坐下来。

曲名利那紧握着的拳头在空中颤抖了几下后，缓缓地展开，再一点一点地垂下，最后伸到地上，捡起了那个屏幕已碎成渣的手机。

曲名利回家后，在床上躺了大半天，不吃不喝也不睡，就那么躺着，直到下午四点多才起来，洗了把脸后带上先前买的胶条出门去上班。

天空中刮起了朔风，吹在脸上像针扎一样难受。曲名利顶着寒风踽踽独行，脚步落在那条熟悉的小巷上，每一步都是那么轻，又是那么重。不知不觉间，竟然直接走过了头。当曲名利意识到这一点时，有些恍惚，回过头来茫然四顾，觉得哪里不对劲儿，想了好半天才发现，看车亭不见了。

曲名利寻到原来看车亭所在的位置，看到那个地方除了还留有一个正方形的底座外,已经看不出曾经立过一个小房子。

　　这时,大片大片的雪花纷纷扬扬地从天空中落下来。

　　冬天,真的来了。

过霜

1

2003年10月24日这一天是霜降节气。早上不到5点,老邹就醒了。房间里,其他床位上的人仍在酣睡,各种节奏的鼾声此起彼伏。

老邹已经在这个三块钱一天的小旅馆里住了一个星期。他属蛇,刚好50岁,是一个种甜菜的农民。甜菜的收购价格是一块钱一公斤。每天交房费的时候,老邹都会在心里默默叹息,四公斤甜菜就这么没了。这多出来的一公斤甜菜钱,是老邹付给旅馆老板的"广告费"。

老邹起床后去水房洗了把脸就离开了小旅馆。小旅馆大门旁边的墙上贴了一张寻人启事,不知被谁撕去了下面的一半,只剩"寻人启事"四个大字和印着一个小女孩儿黑白照片的上半部分还留在墙上。

"谁手这么贱!"

老邹皱了皱眉，低声骂了一句，转身走进小旅馆。少顷，他两手捧着一张完整的寻人启事返回，寻人启事的背面满满地糊了一层厚厚的胶水，被老邹贴上墙后，不仅覆盖住原先那个只剩一半的寻人启事，还从四边溢出不少胶水，弄得老邹满手都是。

老邹一边对搓着双手，一边注视着那张寻人启事上的文字：寻人启事，邹树菊，女，小名满月，1978年农历八月十五出生，家住黑龙江丰水县邹家庄，于1983年5月8日在自家院内失踪……

邹树菊是老邹的女儿，这些年来，只要老邹出门到外地办事，都会带上几十份寻人启事。这次也不例外，小旅馆老板本来不让老邹在旅馆门口贴，但禁不住老邹一再恳求，外加一天一块钱的"广告费"，才勉强同意。

重新贴完了"广告"，老邹直奔老黑山而去。自从三天前在老黑山上仅存的一棵百年以上树龄的刺楸树下找到那个宝贝后，老邹每天吃过早饭都要上山巡查。午饭后再去一次，晚饭后还会去一次。在老邹的家乡黑龙江丰水县邹家庄，早在半个月前就已经下霜了。可是老黑山地处辽南地区，下霜时间要晚一些。老邹来的这个星期，早晚的温度始终在零摄氏度以上。

农民对天气总是有一种特殊的敏感，老邹心里清楚，随着每天最低温度逐渐接近冰点，下霜时间就在这一两天内。他有点等不及了，此时的他格外担心那个宝贝会被别人拿走。老邹原本准备去小旅馆附近的油条摊儿上吃早饭，但他临时改变了主意，直接上山。

小旅馆和老黑山相距不远，走五分钟就来到山脚下。按照街坊胡神医的说法，曾经的老黑山，满山都是百年以上树龄的刺楸树。日本人占领东北那会儿，为了修铁路、建厂房，从老黑山上砍伐了大量刺楸树，使百年以上树龄的刺楸树数量大为减少。由于刺楸树也是做家具的好材料，多年来不断有人私自上山偷伐。到20世纪90年代中期的时候，山上百年以上的刺楸树已经屈指可数了。老邹来到老黑山后发现，山上的刺楸树虽然数量可观，但以小树居多。老邹用了整整四天时间，把老黑山翻了个遍也没发现一棵树龄超过百年的刺楸树。后来，老邹终于在半山腰的一块巨石旁边找到一棵，并且在树下发现了宝贝。

清晨的老黑山被一层薄雾笼罩，空气中氤氲着泥土的芬芳。老黑山不高，老邹爬了不到二十分钟就来到半山腰。和前几天不同的是，这次老邹的脚步有些沉重，心里始终七上八下的。他担心有意外发生，宝贝会被人拿走。好在到了那棵刺楸树下，老邹看到宝贝安然无恙，这才松了一口气。

宝贝是一株通体青褐色的蘑菇。蘑菇的菌盖很大，边缘微微翘起，看起来像片荷叶，"荷叶"上有两个对称的像龙角一样的凸起，故而得名龙菇，是一种极其珍贵的中药材。老邹听胡神医说，在中国，只有辽南地区的山上有这种龙菇，而且它只生长在树龄在百年以上的刺楸树下面。

老邹临来的时候，胡神医还特别叮嘱过他，龙菇只有过霜才具药性，也就是说只有被霜打过的龙菇才能入药。否则，它和普通蘑菇没有什么两样。老邹牢牢地将胡神医的话记在心里，这三天来一直按捺住心中迫切的心情，等待下霜那一天到来。

老邹蹲下身子，小心翼翼地伸手将落在龙菇上的树叶和杂草捏掉。他的动作很轻，仿佛自己一个不小心就能碰醒熟睡中的婴儿一样。其实这对老邹来说是一个比较纠结的问题。按理说，为了避免龙菇被别人发现，他应该找东西将它覆盖住。但真若如此，一旦下霜，龙菇就无法充分过霜。老邹必须让其完全暴露在空气之中，每天不得不提心吊胆的。

过了一会儿，老邹的两条腿蹲得有些麻了，不得不慢慢站直了身子，等两条腿缓过劲儿来后才转身离开。

老邹刚走了没几步，就隐约听到不远处传来一阵窸窣的脚步声。他不由自主地停下脚步，侧耳辨听。确定是人的脚步声后，他连忙猫着腰闪身躲到一旁的巨石后面，不时探头向脚步声传来的方向窥视一眼。

不一会儿，一个身材粗短的年轻小伙子出现在老邹视线里。小伙子看起来20岁上下的年纪，身后背了一个黑色大书包，一边走一边低头四处寻摸着什么。

莫非遇到了同道中人？想到这儿，老邹不由得心下一紧。但是他更担心的是，那株龙菇会被小伙子发现。

小伙子一点一点地向那棵刺楸树靠近，老邹的心也一点一点地提到嗓子眼儿，两条眉毛渐渐拧到了一起。最终，他担心的事情还是发生了。

小伙子在龙菇前驻足后，迅速卸下身上的书包，从中掏出一张纸来，然后蹲下身子，将手里的那张纸伸到龙菇旁边比对了一下。旋即，小伙子从地上弹了起来，不停地挥舞双拳，忘情地欢呼着，仿佛运动员得到了世界冠军一样兴奋。

小伙子欢呼完，再次俯下身子向那株龙菇凑近，左手直接伸向龙菇。老邹情急之下，倏地从巨石后面跳了出来，同时大喝一声："住手！"

小伙子被吓得一个激灵，伸出去的左手也自动缩了回去。趁小伙子愣神儿的间隙，老邹一个箭步冲上前，一把推开小伙子。他挡在小伙子面前,用自己的身体将小伙子和那株龙菇完全隔离开。

"你干啥?"老邹质问道。

小伙子刚被老邹推了一个趔趄,还在发蒙,嘴唇开合了一下,却没发出声音。小伙子随即扬起右手上拿着的那张纸,老邹定睛一看,纸上赫然印了一株龙菇的彩色照片。

老邹确定,眼前的小伙子是同道中人,但嘴上还是问道:"小兄弟,你知道这是啥吗?能干啥用?"

"这是龙菇,是一种药……"小伙子刚说到"药"字时,停顿一下,"龙菇是一种食物。"

小伙子突然改口明显是在耍小聪明,老邹断定,面前这个小伙子只是一个按图索骥的外行。

老邹撇了撇嘴,不屑道:"你刚才要是把它摘下来了,它还真就是一种食物。"

小伙子似乎有些不明所以,用一双大眼睛定定地望着老邹,一脸茫然,好半天才又开口道:"大叔,你让开,俺要摘了它,是俺先发现它的。"

"小兄弟,你别瞎搞。它只有被霜打过,才是药材。"老邹眉头紧锁,板着脸说道。

小伙子怔了一下,蛮横地道:"俺不管什么霜不霜的,是俺先发现的,俺现在就要摘了它。"

小伙子说着就上前一步,伸出一只手去扒拉老邹,想把老邹推开。老邹下意识地抬起胳膊挡了一下,杵在原地纹丝未动。老邹严肃道:"要说谁先发现的,那也是我先发现的,我三天前就发现它了。"

"那你三天前怎么不摘了它?"小伙子追问。

"我刚才说过了,它只有被霜打过才是药材。这三天我一直在等着下霜呢。"老邹争辩道。

小伙子不甘心,又朝老邹冲了过去。老邹也不甘示弱,在小伙子近身的一瞬间,猛地伸出双手狠狠地推了小伙子胸口一把。小伙子踉跄着后退了几步,才勉强站住不致摔倒。

老邹身上穿了一件旧的卡蓝布中山装,是当年结婚时专门到县城花三块五毛二定做的。此时,他将衣服的两个袖子撸起,露出结实的小臂,摆出一副要打架的架势。

小伙子并没有畏惧,再次勇敢地迎了上去,和老邹怒目相向。双方剑拔弩张,一场男人间的较量一触即发,气氛骤然紧张起来。二人在胶着中对峙,却谁也没有贸然动粗。

老邹不想先挑起战争,但是,如果小伙子硬来的话,他绝不会客气,豁出这条老命也要与之殊死一战。小伙子梗着脖子瞪着老邹,心里掂量着双方的实力对比,自己虽然年轻，但个子矮，身形也相对瘦削，面前这个身材魁梧的老头一看就知道是个庄稼汉，身上有一把子力气，一旦真动起手来，自己很可能不是对手。所以小伙子十分清醒，采取了以静制动的策略。

二人在沉默中僵持了好半天，谁也没有退缩。老邹在气势上要更胜一筹，他将双手握拳，擎到胸前，像个拳击手一样，又像是一只在危险面前翅身炸裂的螳螂。

渐渐地，小伙子有些泄气，整个身子也松弛下来。这些自然被老邹所洞察，他赶紧趁势劝道："小兄弟，为啥非得在这一棵树上吊死？老黑山这么大，你再到别处寻寻看。"

这句话起了作用，小伙子最终悻悻而去。老邹长舒了一口气，但知道危机并没有解除。他判断，小伙子很可能再回来。

老邹深深地意识到，在正式下霜之前，他必须二十四小时全天候守着龙菇才能确保万无一失。可是，这看起来是一个不太可能完成的任务。老邹的肚子早就咕咕作响了，他十分后悔，早上应该吃点饭再上山就好了。但是老邹顾不了那么多了，只能被动地守在那株龙菇前。

老邹盘腿在那株龙菇前的草地上坐了一会儿，从肠道传来一阵便意，遂起身来到巨石后面解决问题。刚蹲下身子，老邹就觉得这个地方离龙菇有些远，万一有突发情况，想补救都来不及。于是，老邹又提着裤子来到小伙子刚才离开时走过的草地上。这样就安全多了，小伙子即使折回来，老邹也能及时发现。

片刻之后，草地上多了一摊金黄色的屎团。由于事先没有准备，老邹不得不在地上随手捡了几片落叶将就着擦了屁股，然后信手胡乱抓了一把野草盖到那泡屎上。

拉完屎后，老邹又回到那株龙菇前坐了下来，久久地望着那株龙菇出神儿。这种枯坐特别无聊，为了打发时间，老邹不得不让自己的脑细胞活跃起来。那株龙菇在老邹眼里慢慢变成了娘的脸，进而又变成媳妇儿的模样，最后出现的是女儿满月的面庞……老邹也顺着这个思路，回忆起了自己的人生是如何一步一步走到眼前这株龙菇前的。

2

二十年前的5月8日是一个星期天，老邹和媳妇儿一起去集上买化肥。临走前，5岁的女儿满月央求着要跟着一起去。老邹也想带孩子一起去集上，可媳妇儿嫌带着孩子采购不方便，把满月留在家里由老邹娘照看。不承想，老邹娘上了一趟茅房回来后发现，独自留在院子里玩耍的满月不见了踪影。

后来，村主任发动全村人一起出去找了很久也没找到满月，很多人都说满月肯定是被人贩子给拐走了。满月就这样消失在了老邹一家的生活里，可老邹的厄运才刚刚开始。先是苦寻女儿无果的媳妇儿承受不住精神上的打击跳河自尽，紧接着，老邹被查出得了胃癌。老邹家隔壁邻居叫胡令举，人送外号"胡神医"。胡家是中医世家，尤其在治疗癌症方面，有家传秘方，挽救了许多人。老邹还算幸运，经过胡神医的医治，至今没有复发。

2002年冬天，老邹娘也被查出得了胃癌，还是晚期的。起初，老邹自以为有胡神医在，娘的病保准能治好。谁知，胡神医的药用在老邹娘身上，虽然病情暂时控制住了，却迟迟不见好转的迹象。老邹对此大为不解，胡神医后来道出了实情。原来药里缺了一种最关键的药材——龙菇。

世事难料，时过境迁。老邹当年用药时，龙菇还十分常见，到了2003年，却变成了珍稀药材，市面上根本买不到。老邹不能眼睁睁地看着老娘坐以待毙，按照胡神医的指点，只身一人跋山涉水，到老黑山来碰运气。胡神医交代过，只要能采到一株过了霜的龙菇，老邹娘的病就一定有救。老邹是幸运的。不过,幸运的老邹眼下却面临严峻的挑战。

这段时间天天和老黑山打交道,老邹已经完全摸清了老黑山的气候规律:两头凉,中间热。太阳出来后,温度逐渐升高。老邹在又饿又渴的同时,又多了一份燥热。

事情果然如老邹所料,小伙子四处转悠了一圈后又折了回来。他远远地看到老邹坐在那棵大刺楸树下面,顿时相信了老邹之前说的话。不过,这不代表他放弃了对那株龙菇的觊觎。他慢慢地向老邹走近,同时在心里面琢磨着接下来的对策。

倏地,小伙子感觉到自己的左脚踩到一摊黏糊糊的东西,低头一看发现左脚陷进一摊大便里,赶紧条件反射般地把脚从那摊屎中拔了出来。小伙子亮出鞋底瞧了瞧,上面沾满了鲜黄的粪便。从新鲜程度上看,显然是人刚刚排泄出来的。至于是谁排泄的,用脚后跟都能想到。最要命的是,小伙子脚上的解放鞋穿的年头不短了,左脚的鞋底下破了好几个小洞,此刻也都被屎给填满了。

小伙子一阵阵作呕,在又气又恼的同时,将鞋底反复在草地上摩擦着。他用愤恨的目光盯着老邹,盯着盯着,左脚上的动作慢慢停了下来。他忽然有了主意,觉得有必要也恶心一下那摊屎的主人。

小伙子随后来到老邹身旁站定,故意让自己的左脚紧挨着坐在草地上的老邹。老邹很快就闻到了从小伙子脚底下飘散出来的臭味,忍不住伸手掩住鼻息,同时将身子向一旁挪了挪。老邹本想发火,但马上就明白小伙子刚刚遭遇了什么,不禁捂着嘴咯咯地坏笑起来。可是,手刚从鼻子上挪开,臭味旋即就往鼻孔里钻。老邹不得不重新用手掌覆盖住鼻子。

小伙子见状,没好气地嚷道:"怎么?你还嫌乎自己的味儿啊!"

老邹斜睨了小伙子一眼,没搭腔。

片刻之后,小伙子又开口道:"大叔,你就这么一直坐在这里等着下霜?"

小伙子的语气和之前相比缓和了不少,老邹大约猜到了小伙子的意图,连头都没抬,继续沉默以对。

小伙子接着眉飞色舞地说道:"俺知道大叔是个内行,也是个明白人,但一直坐在这儿等也不是个办法。不如这样,咱爷俩按规矩来,见面分一半。龙菇在外面有人专门收购,一株能卖五万块,咱俩一人两万五成不?"

老邹冷笑了一下,还是没吱声。

小伙子顿了顿，兴冲冲地说道："要不你三万，俺两万也成。"

老邹板着一张脸，慢条斯理地从嘴里吐出两个字："没门儿。"

语音刚落，老邹又挪了一下身子，将自己宽广的后背留给小伙子。小伙子脸上的兴奋骤然退却，颇为无奈地摇了摇头，气急败坏地喊道："成，那你就坐在这里等吧，有本事就一刻也别离开。俺就在一边待着，你只要一走，俺就立马把龙菇摘走。俺才不管什么过不过霜的，只要能换钱就成。"

小伙子说完之后头也不回地走了。

小伙子最后说的话直接戳到了老邹的软肋，小伙子明显已经吃准了老邹进退维谷的心理。形势对于老邹来说异常被动，他不可能和小伙子分享那五万块钱。钱对老邹来说没有意义，他需要的只是龙菇，一株就足够。

面对小伙子的咄咄逼人，老邹想不出更好的应对方法，唯有继续坚持。至于能坚持多久，老邹自己也不确定。

此时已是晌午，整整一个上午，老邹一口饭没吃，一口水没喝，早就饿得前胸贴后背。老邹抿着紧绷绷的嘴唇，起身四下巡视，以期找到可以充饥的东西。由于老邹搜索的半径十分有限，他必须让那株龙菇在自己的视线范围内，因而想找到吃的东西概率极低。搜索了一圈后，老邹一无所获，他不得不无奈地重新坐回到那株龙菇前一动不动，尽量避免体力上的消耗。

为了分散注意力，让自己暂时忘记饥渴，老邹搜肠刮肚，在记忆里寻找着过去发生的趣事，最后发现自己五十年的人生，所经历的痛苦远远多过快乐。老邹也自然而然地想到了自己那苦难了一辈子的老娘。老邹临走前，将娘安顿在姐姐家里。他不知道这段时间，娘过得好不好，小性子的姐夫有没有给娘脸色看。

一只乌鸦落在刺楸树上，张开尖喙发出一阵嘶哑而又沉闷的叫声，迫使老邹中断了思绪。他本来就心烦，抬头一看是只乌鸦在捣乱，更是气不打一处来。老邹觉得这时候突然冒出一只乌鸦并不是啥好兆头，信手捡了一块石头朝乌鸦掷去，没击中。被惊动的乌鸦张开两翅，飞走了。

老邹坐在地上的时间长了，腰有些发酸，只好站起来活动活动筋骨，顺便也查看一下周围的情况。举目四望，一片静寂，老邹却觉得目光所及之处都有一种草木皆兵的感觉，那个小伙子指不定正躲在哪个角落趴着呢。不过，老邹估计小伙子也有可能正在享用午餐。

3

老邹猜得没错，此时小伙子正在山脚下的一个拉面馆美滋滋地哧溜着一碗热气腾腾的拉面，额外还要了两个茶叶蛋。

小伙子一边吃一边在心里盘算着。他笃定，自己的突然出现打了那个老头一个措手不及。老头提前没有准备，又不敢离开原地，中午饭肯定吃不上，现在怕是早就饥肠辘辘了，而自己却进退自如，有充分的时间做准备。

小伙子打着饱嗝离开了拉面馆后，去了一趟小卖部，买了一大堆吃的喝的东西，把那个黑色的大书包塞得满满当当的。他要回到那棵刺楸树下和那个倔强的老头打一场持久战，并且坚信老头最后必然会妥协，他自己一定是这场"战役"的胜利者。

小伙子背着大书包再次向老黑山进发。虽然身上的重量比原来沉了不少，他的脚步却铿锵有力，虎虎生风，没用上一刻钟的工夫就来到半山腰。

小伙子看到老邹仍然坐在那株龙菇前，立即有了欣喜的发现。老邹明显有些发蔫，不再是上午那种端坐的姿势，不仅背驼了,脑袋也耷拉了下来。看来情况与预计得差不多,小伙子原想找一个老邹看不见的地方躲起来,面对此情此景,他改变了主意,索性找了一个离老邹不远的地方一屁股坐了下来。

小伙子走动时发出的声响,惊动了正在发呆的老邹。老邹循声望去,看到小伙子正在自己左侧斜后方七八米远的地方安营扎寨。

老邹心想这下坏了,从那个鼓鼓囊囊的书包就能看出来,小伙子这次是有备而来。

尽管已经吃饱饭了,但小伙子坐下来后还是从书包里掏出一包方便面啃了起来,嘴巴里发出嘎嘣嘎嘣的声响,老邹听得真真切切。

过了一会儿,方便面啃完了,小伙子又从书包里拿出一瓶可口可乐拼命喝了两大口,喝完后立即张开嘴巴,两声响嗝迫不及待地钻了出来。小伙子的举动对老邹来说,无疑是一种感官上的刺激和精神上的折磨。在小伙子有意识地不断"启发"下,饥渴越来越频繁地挑动着老邹脆弱的神经。他有些撑不住了,不过,他自有办法来应对。每一次饥渴侵袭时,他就让娘那张饱经风霜的脸出现在脑海里。只要一想到老娘,老邹的身体里就会自动分泌出无穷的动力来。

小伙子这边嘴上一直没闲着,不停地吃着喝着。老邹那边脑海里不断闪回着老娘的形象。双方进行着一场无声的博弈,小伙子一边吃着一边密切注视着老邹的一举一动。这情形有点像很多年前小伙子在《动物世界》里看到的画面:一头老黄牛已饿得奄奄一息,一只秃鹫静静地立在一旁,等待着老黄牛死亡那一刻的到来。

想到这里,小伙子蓦然回忆起,当初是和秀欢一起看的《动物世界》,现在自己和这个老头争龙菇,也是为了能和秀欢一辈子在一起。眼前立即浮现出秀欢那张俊俏的脸,小伙子两个嘴角不自觉地扬起,他的信心更足了。

就在这时,小伙子突然看到不远处的老邹身体剧烈地抖动了一下,继而又连续抖动了好几下,最后整个人栽倒在一边。

小伙子连忙放下手中的一盒饼干,起身来到不省人事的老邹跟前。只见老邹的头上和脸上全是豆大的汗珠,身上的衣服也被汗水浸湿了,身体还在不住地颤抖着。

小伙子猜测老邹八成是低血糖了,心中不禁暗喜,这正是拿走龙菇的好机会。但他转念一想,自己毕竟是个外行,龙菇过没过霜在他眼里没什么区别,可那些收药材的都是内行,一旦被发现龙菇没过霜,自己不仅白忙乎一场,老头万一有个好歹,自己麻烦更大。不如自己先做个好人,取得老头的信任,再争取平分卖龙菇的钱。

打定主意后,小伙子迅速跑回自己刚才的位置,一手抓过放在草地上的那瓶喝过两口的可口可乐,一手拿起那个大书包,随后返回到老邹面前。小伙子将老邹扶起后,将其上半身靠在大书包上,然后赶紧拧开可乐瓶盖,一只手扒开老邹那快要皲裂的嘴唇,另一只手将瓶口送到老邹嘴边,瓶子里的可乐缓缓进入老邹的口中。

片刻,老邹恢复了意识。在清醒的一刹那,老邹霍地坐直了身子,两道锐利的目光直接射向那株龙菇,确认那株龙菇完好无损后,才松了一口气。

小伙子一本正经地说道:"俺可不会乘人之危,俺没那么不要脸。"他一边说着,一边拿起自己的东西气哼哼地回到原来的位置重新坐下来。

老邹的口腔里还残存着可口可乐的味道,知道是小伙子刚才帮了忙,朝着小伙子的方向道了声:"谢谢哈。"

小伙子把头扭向一边,没搭理老邹。

老邹见状,又用十分友善的口气问道:"小兄弟咋称呼,今年多大啦?"

这次,小伙子回应了:"俺叫冯涛,今年22。"

"虚岁还是周岁？"

"周岁。"

"噢，属鸡的，1981年生人。"

冯涛点着头说道："嗯。大叔，你贵姓？什么地方人？"

"我姓邹，从黑龙江丰水县邹家庄来的。"

老邹和冯涛你一言我一语地隔空闲聊了起来。

"小冯兄弟是啥地方人哪？"

"河北曲山县。"

"咋跑老黑山这儿采药来啦？"老邹不解地问道。

冯涛深深地叹了一口气，道："俺家有个远房亲戚住在这边，早些年借了俺家两千块钱一直没还。俺二姐最近得了心脏病，得用一大笔钱做手术。俺娘让俺过来找那个亲戚要钱。结果俺到了这儿才知道，那个亲戚前年就去世了。钱没要到，俺就准备回去，结果在火车站附近的一个集市上瞎溜达时，路过一个收中药材的地摊。上面全是各种药材的照片和收购价格。听那个摊主说，龙菇以前在老黑山上有的是，最近几年才绝迹。俺就跟摊主要了张龙菇的照片，寻思着上这儿来试试，没想到还真遇到了。"

"小冯兄弟，不瞒你说，叔也是有难处……"老邹愁眉苦脸地说道，将自己的处境和盘托出，"我现在缺的就是这株龙菇,这株龙菇就是我娘的命。要不然,我一定和你平分那五万块钱。小冯兄弟,你和叔不一样,你缺的是钱。但话又说回来了,寻钱的路子多的是,你又年轻,再寻寻别的法子行不?"

话说到最后,老邹几乎是用哀求的语气和冯涛商量。

冯涛面露难色,嗫嚅道:"大叔,俺也难哪!说句实在话,俺但凡是有点别的法子,都不会在这儿和你争这株龙菇。你说的话不假,俺只是缺钱,但俺缺的是急钱,俺二姐的心脏病挺严重的。大夫说得赶紧换什么瓣膜,要不然就没命了。可做那个手术得七八万,俺家没有医保,全得自费,一个农民家庭一下子上哪儿弄那么多钱!俺二姐现在就躺在医院里等着俺拿钱救命啊!"

冯涛的一番话说得不仅入情入理,还特别诚恳。老邹不由得对冯涛心生怜悯,却也无能为力,一时不知道该说啥好了,但他不知道的是,冯涛说的不全是实话。

冯涛的二姐确实得了很严重的心脏病,心脏里的四个瓣膜需要全部置换。由于费用太高,冯涛家负担不起,只能先换两个。手术已经做完了,花了将近五万块钱,不仅把冯涛家的家底掏了个空,还欠了一屁股外债。冯涛和同村的姑娘秀欢相好多年,早就定了亲,两家原本商定,等冯涛到了能领结婚证的年龄，就拿着彩礼钱去秀欢家将秀欢接走。

秀欢家开出的彩礼钱是三万，冯涛和爸爸这两年一直在城里打工，本来彩礼钱已经攒够了。谁知冯涛二姐这一病，钱全都搭进去了还不够。为此，秀欢家放出话来，明年元旦之前，如果冯涛家拿不出彩礼钱，这门亲事就算拉倒了。眼瞅着时限马上就到了，冯涛急得火上房，想尽一切办法筹钱，却没有任何进展。

冯涛见老邹这边没动静了，也无话可说。场面在窘迫中重新归于平静，但是气氛比之前还要紧张。看来在那株龙菇前，老邹和冯涛的矛盾是不可调和的，他们二人也都意识到了这一点。两人彼此之间又开始了沉默，很长一段时间里，谁都没有再说一句话。

不知不觉中，太阳偏西了。阵阵秋风吹来了凉意，山上本已泛黄的各种植物被掩映成炫目的金色，在秋日下摇曳着身姿，闪闪发光。形势对老邹来说越来越被动，这从他和冯涛小便次数的对比上就能看得出来。冯涛中午回来后已经尿了两次，而老邹一次也没尿。身体里唯一有机会转化成尿液的一点体液，已在那次昏厥中以汗液的形式离开身体。

天色一点点暗了下来，冯涛在一番大吃二喝之后，悠闲地点上一根烟抽了起来。从冯涛鼻孔里喷射出来的烟气，顺着微风慢慢飘向老邹那边，还没等飘到老邹身边，就被空气稀释得无影无踪。但是，老邹切切实实地闻到了烟的味道，这促使他强打起精神来。脑海里再次闪现出老娘的脸，老邹不停地在心里告诫自己：一定要挺住，决不能放弃。

　　夜幕慢慢降临，刺楸树周围不时响起鸟鸣、虫鸣，唯独一直没人说话。随着夜色加重，气温骤然走低。这和老邹提前关注的天气预报相吻合。老邹坐在草地上的体感温度似乎已降至冰点之下，等到了下半夜还会更冷。看起来真的要下霜了，可是老邹高兴不起来，和饥饿、口渴相比，寒冷才是此时他要面对的最大敌人。而不远处的冯涛为抵御寒冷，已将事先准备好的一件旧军大衣穿在身上。冯涛的大脑一直处于高速运转的状态，经过反复演练，他已经盘算好了一套对付老邹的方案。

　　黑暗中响起了冯涛的声音，他不失时机地开口了。

　　"大叔，天儿越来越冷了，你穿得那么少能扛得住吗？到明天早上，就算你不吃不喝饿不死，也肯定得被冻死，不如……"冯涛故意停顿下来。

　　老邹铁青着脸站起身来，面朝冯涛的方向站定。尽管眼前黑乎乎一片，并不能看清冯涛的面部表情，但老邹能想象得到，冯涛此时一定是一脸得意，等待老邹投降认输。

老邹不想认输，也不可能认输。但是，如果不认输就意味着死路一条。俗话说"穷则思变"，老邹非常清楚自己眼下的处境，这么耗下去自己必输无疑，必须想办法扭转不利的局面。

老邹思索了一会儿，想到了一个好办法，却又犹豫不决。因为这个好办法需要借助谎言来实施。老邹这个人实在了半辈子，从没撒过谎，从小娘就教育他："做人要诚实，骗人遭雷劈。"但是眼前的形势，又由不得他考虑太多。万般无奈之下，他一咬牙，忽然朗声大笑起来。这笑声来得非常突然，在寂静的夜色中显得格外突兀。冯涛吓了一跳，心里有点发毛，很好奇老邹接下来要干什么。

大笑过后，老邹故作轻松地问道："小冯兄弟，你太天真了，你以为拿到这株龙菇就真能换到五万块钱吗？我问你，你碰到的那个收中药材的人是不是一个干瘦的小老头？秃瓢儿，一脸麻子。"

闻听此言，原本也是盘腿坐在草地上的冯涛眉头微蹙，迅速站了起来向老邹走了过去："大叔，你是怎么知道的？"

"不止这些呢，我还知道那个小老头姓魏，对不？"老邹问道。

冯涛懵懂地应了一声："对呀。"

"实话告诉你吧,小冯兄弟,你跟老魏头要的那张龙菇的照片就是我给他的。我让他也帮着我找龙菇,还答应他如果真找到了就给他五万块钱。其实我是骗他的,我根本拿不出那么多钱,我这次出来,身上总共就带了不到两千块钱。所以说,就算你得到了龙菇也拿不到五万块钱的。"

老邹的一席话令冯涛呆若木鸡,惊大的嘴巴好半天都没合上。他感到难以置信,却又不得不信,老邹话里的许多细节和实际情况都能对应上。不过,冯涛的脑子灵光得很,反应也快,迅速找出了老邹话里的破绽。老魏头在给冯涛那张龙菇的彩色照片时,曾随口说过,照片是老魏头在五年前自己亲自照的。这和老邹刚刚的说法有出入。

但是,冯涛没动声色,立即在心里调整了应对方案。片刻之后,冯涛猛然扑通一下滑跪在地上失声痛哭起来,凄厉的哭声回荡在空旷幽静的山谷中。

老邹心里堵得厉害,有种说不出来的难受。他误以为自己的小伎俩得逞了,冯涛认输了。

老邹的确跟那个收中药材的老魏头见过一面,不过是向其求购龙菇。老魏头手头上并没有龙菇,当然了,即使手上有,老邹也拿不出那么多钱来买。

"俺媳妇儿的命怎么那么苦呢!来俺家后净遭罪了,没享过一天福……"冯涛悲悲戚戚地哭诉着。

老邹有些于心不忍，想安慰冯涛，又不知道该说啥好。

冯涛表现得很难过，哭诉时断时续："俺俩摆完酒席后，她就总喊着喘不上气，特别是下地干活儿的时候。刚开始俺娘还说她偷懒，后来去县医院检查才知道是得了大病……一听说做手术要花好几万，俺媳妇儿马上就说不治了，俺答应她，拼了命也要弄钱给她做手术……"

冯涛痛哭流涕地说着，老邹却越听越糊涂，忍不住插嘴问道："到底是你二姐病了还是你媳妇儿病啦？"

"俺二姐也是俺媳妇儿。"冯涛不假思索道。

冯涛语出惊人，也让老邹迫切地想知道下文。

冯涛调整了一下情绪，继续倾诉："俺两岁那年，得了一场大病。俺娘听算命的说，俺的病得冲喜才能好，得找一个比俺大三岁，还得是八月十五中秋节出生的女娃给俺当媳妇儿。后来，俺娘通过一个人贩子买来了俺姐。今年春节，俺俩正式摆了酒席。俺姐进俺家整整二十年了，这二十年来，俺二姐从没出过俺们村，俺娘总怕她跑。俺俩办喜事那天晚上，俺二姐和俺说想到外面看看。俺答应了，可俺娘一直拦着不让。没想到……没想到俺第一次带俺二姐出村，却是去县医院瞧病。呜呜呜……俺对不起俺二姐呀！"

冯涛说着说着就又开始抽泣起来,并且愈演愈烈,最后发展到哭天抢地的程度。

冯涛的这番话让老邹惊诧不已,尤其是听到冯涛媳妇儿的生日是中秋节时,仿佛有一颗地雷在心里炸响。表面上虽然是目瞪口呆的表情,脑海里却飞快地将这几个关键信息延展、拼接到一起。冯涛是1981年出生的,比他大三岁就是1978年出生,而女儿满月就是在1978年中秋节那天出生的,所以才取了"满月"这个名字。冯涛的二姐是在二十年前被人贩子卖到冯涛家的,而二十年前也就是1983年,这和满月失踪的时间正好吻合。天底下会有这么巧的事情吗?想到这儿,老邹感到血脉偾张。遽然间,他想起了什么,猛地上前双手揪住冯涛的衣领,直接将冯涛拎了起来,用颤抖的声音问道:"你媳妇儿左边脖子上是不是有个红胎记?"

冯涛顿时停止了啜泣,像是被吓傻了,没有马上做出回应。

老邹急了,大声喝道:"你说话呀!"

冯涛定定地望着老邹,好半天才吞吞吐吐地从嘴里嘟囔出一句:"你……你……你是怎么……怎么知道的?"

老邹颓然松开了双手,像一个漏了气的气球一样急速瘪了下去。他自己一如刚才的冯涛一样滑跪到地上,面如死灰，嘴里反复喃喃自语道："咋会这样！咋会这样！"

此时此刻，老邹深刻体会到了娘教育他的那句话："做人要诚实，骗人遭雷劈。"老邹确信，冯涛身患重病的媳妇儿就是自己失踪多年的女儿满月，此时的满月正躺在医院等着冯涛给她筹集救命钱。另一头，老邹的老娘也在苦苦等待着龙菇续命。可眼下龙菇只有一株，它无法同时挽救两个人的生命。

经过了大半天的钩心斗角，老邹才在与冯涛的缠斗中险胜。可是，在老邹的内心深处，另一场惨烈且异常残酷的思想斗争才刚刚开始。无论最终结果是什么，老邹的余生都注定要在懊悔和自责中度过。

老邹又重新坐回到那株龙菇前，冯涛也拿着自己的全部"家当"凑到老邹身旁，两个对手终于坐到了一起。冯涛拿出一袋面包和一瓶矿泉水放到老邹面前，同时脱下身上的军大衣披在老邹身上。老邹像一座雕像一样任由冯涛摆布，在冯涛的再三催促下，老邹喝了几口水后就又恢复了雕像状态。那袋面包他自始至终没碰过一下，一整天没吃东西的老邹似乎已经忘记了饥饿。

见老邹久久不发一言，冯涛心里清楚老邹已经上当了。中午下山吃拉面的时候，冯涛曾路过老黑山下唯一的那个小旅馆，小旅馆大门旁的那个寻人启事，他虽然只看了个大概齐，但通过老邹的自我介绍，马上就对上了号，这才有了刚才的那番声泪俱下的表演。

冯涛还得继续演下去，又拿出烟来，装作垂头丧气的样子独自抽了起来。

"给我来一根。"老邹面无表情地说道。

冯涛忙不迭地将一根烟递给老邹，再帮其点燃。

烟点燃了，老邹却开始剧烈地咳嗽起来。他已经整整二十年没抽过烟了，当年查出得了癌症后，就把烟给戒了。久违的烟气突然窜入口腔，身体一时不能完全适应。好在这种不适很快就消失了，老邹和冯涛在缄默中各自吞云吐雾，老邹抽完一根后又向冯涛要了一根，第二根抽完后又要了一根，如此反复，老邹一根接着一根，接连抽了七根后，冯涛干脆把整包烟和打火机都塞到老邹手里。

从老邹嘴里吐出来的烟像雾一样朦胧，被这份朦胧笼罩的头脑却越发清醒和理智。老邹明白，要尽快在这场痛苦的抉择中做出选择。毕竟，时间是不等人的。

冯涛自知自己今日的"戏份"已结束，可以放心睡大觉了。他倚着那个书包很快就睡着了，半张着嘴巴发出细微的鼾声。老邹兀自一人抽着闷烟，黑暗中，火红的烟头忽明忽暗。老邹的心绪也在郁结和左右为难中起起伏伏。最后一根烟抽完了，老邹在摁灭烟蒂的同时，也给出了那道选择题的答案：先救满月！

夜里，真的下霜了。等到天亮，落下来的霜又变成了一颗颗细小的露珠，静静地附着在龙菇的菌盖上，尽情享受着阳光的沐浴……这一系列过程被一宿没合眼的老邹亲眼见证着。

老邹觉得是时候采下龙菇了，他唤醒了仍在一旁酣睡的冯涛，然后亲手将那株龙菇小心翼翼地连根摘下。他手上的动作很轻、很慢，使得蘑菇根部能够完整地从泥土中一点点暴露出来。

冯涛揉着惺忪的睡眼，在一旁目睹了整个过程，当老邹面色凝重地将那株还伴着泥土清香的龙菇递给他时，冯涛心中狂喜，他并没有立即伸手去接龙菇，装作很茫然的样子望着老邹，静待老邹接下来要说的话。果不其然，在老邹承认自己之前撒了谎，又将自己认为的实情全部说出来之后，冯涛最重要的一场戏终于上演了。他犹如一尊塑像一般呆立着，喃喃自语道："怎么会这么巧！怎么会这么巧！"

见冯涛一直没伸手接龙菇，老邹急了，强行将龙菇塞到冯涛手里，并且怒吼着命令冯涛找东西把龙菇包好。

为保险起见，老邹决定陪冯涛一起去找那个收中药材的老魏头换钱，然后再和冯涛一起去一趟河北曲山县，去看一看重病之中的满月。

4

事情办得非常顺利，老魏头看到那株龙菇后，十分痛快地拿出五摞百元大钞，冯涛下意识地伸手去接，却被老邹抢了先。老邹把那五万块钱用一张报纸包好，直接塞进了自己旅行袋的最下面。

紧接着，老邹和冯涛又赶往火车站，在火车站附近简单吃了点饭后，于当天晚上6点踏上了一列开往河北曲山县的火车。

硬座车厢里人声嘈杂，老邹和冯涛慢慢挪了好一会儿，才来到他俩的那排座位前。老邹不敢把那个装着五万块钱的旅行袋放到行李架上，坐到自己那个靠窗的座位后，紧紧地抱着那个旅行袋。冯涛的座位紧挨着老邹，在三人座的中间。伴着无尽的颠簸，老邹不停地询问着这些年来冯涛二姐的各种情况，他对女儿的记忆只停留在满月5岁那年，现在非常渴望能通过冯涛的描述，将满月成年后的形象具体化。

冯涛心不在焉地搪塞着,他现在满脑子想的都是该怎样拿到那五万块钱,又该怎样甩掉老邹。

后来冯涛被老邹问烦了,索性把头倚靠在座位靠背上闭眼装睡。老邹见状,只好无奈地收了口,将目光投向车窗外。

天已经彻底黑了,老邹眼前掠过的景象尽是黑洞洞的各种物体,无尽的黑暗似乎要把一切都吞噬。对向驶来的一列火车呼啸而过,重重地将老邹的思绪撞出一道裂缝,沿着这道裂缝,他又想到了老娘,鼻子忍不住泛起酸来。那是一种难以名状的痛,老邹紧闭双眼,强行中断了思绪。

老邹强迫自己必须清空大脑里的各种念头,他本想用睡觉来解决问题,然而看到怀里的那个旅行袋,又觉得还是保持清醒比较稳妥。为了转移注意力,他把目光锁定在冯涛身上。望着冯涛那张圆圆的、微胖的脸,老邹情不自禁地发出了感慨。满月的命运无疑是不幸的,但能遇到冯涛这样一个真心爱她、疼她的丈夫,也算是不幸中的万幸了。经过一天多的朝夕相处,老邹已经打心眼儿里喜欢上了虎头虎脑的冯涛。这对此时的老邹来说,也是一种莫大的慰藉。

冯涛原本是装睡,后来实在扛不住,直接斜趴在面前的桌子上呼呼大睡起来。夜里12点,周围的旅客以各种不同的姿势睡着了，只剩老邹独自枯坐。车厢里响起阵阵鼾声，老邹也被这种氛围感染了，脑袋倚靠在车窗上闭目假寐，恍恍惚惚中渐渐睡着了。他做了一个梦，梦一开始的场景是村口，老邹远远地看到一支送葬的队伍缓缓经过，无数纸钱被扬到空中，又慢慢落下，同时夹杂着各种不同音调的哭声。老邹很好奇是村里谁家的老人去世了，靠上前打算一探究竟，却赫然发现，在队伍最前头打幡的人正是自己……老邹大叫了一声从梦里醒来，也惊到了身旁的冯涛。二人彼此对望，相顾无言。此后，老邹便再无睡意，一直坐着挨到下车。冯涛虽然继续保持着埋头趴在桌子上的姿势，其实也一直没睡着。他在心里苦苦思索着之前的那两个问题。

第二天早晨6点，火车到达曲山县。二人下了火车后，冯涛想在附近随便吃点早饭，可老邹迫不及待地想马上见到满月，执意要求直接去医院。冯涛也没再坚持，领着老邹坐了半个小时的公共汽车，终于来到了曲山县人民医院。

百感交集的老邹刚走进医院，眼窝就不自觉地有泪水涌出，身体也颤抖得厉害。见老邹已激动得不能自已，冯涛轻轻拍了拍老邹的肩膀："大叔，别激动，俺这就带你去见俺二姐。"

老邹伸手胡乱抹了一把脸上的泪水，稍稍平复了一下情绪后，紧跟在冯涛身后走上楼梯。

冯涛脚下的步伐很快，老邹几乎是一路小跑跟着来到三楼。冯涛把老邹引领到两扇紧闭的大门前停下脚步，大门上方写着"重症监护病房"几个大字。

"大叔，俺二姐就住在这个重症病房。人家医院有规定，家属一天只能进去探望两次，上午8点一次，下午4点一次。俺看现在离8点还有半个多钟头，不如咱们先把手术费交了，早交就能早点做手术不是。"

冯涛话刚一说完，不等老邹回答，转身就走。还没完全回过神儿来的老邹只能亦步亦趋地再次紧跟在冯涛身后，又是一路小跑，回到了一楼大厅。

此时，挂号收费窗口前已经排起了长龙，冯涛望着那条有二十多米长的队伍，紧蹙着眉头对老邹感叹道："这么多人，要等到什么时候才能交上费！"老邹还沉浸在即将见到满月的亢奋之中，不觉有些走神儿，喃喃自语："人再多也得排呀。"

冯涛突然狠拍了一下大腿，仿佛想起了什么，兴冲冲地说道："咱们去自助机上交费，不用排队，速度还快。"冯涛说着就拉住老邹的衣角，向大厅的一个角落走去，没留给老邹一点思考的时间。

219

角落里摆放着一台黑色的大机器,机器比人还高,上面还有一个"小电视"。冯涛先是警觉地四下张望了一下,然后从裤兜里掏出一张卡捅进机器里,又飞快地在机器上鼓捣了一番后,"小电视"下边蓦然张开了"大嘴"。

"大叔,快把钱放进去吧。"冯涛低声催促道。

"五万全放进去吗?"老邹问。

"嗯,都放。"

不明所以的老邹顺从地将旅行袋里的那五摞百元大钞掏出来,交到冯涛手里。冯涛把那五摞百元大钞一摞一摞依次送进那张"大嘴"里。每放进去一摞,机器就会发出一阵刺耳的轰鸣声,感觉像是进到人的消化系统里一样。眼见那五万块钱全被机器吃进"肚子"里,冯涛又着急忙慌地对老邹说道:"大叔你先在这儿等着,俺去找大夫开张票盖个印。"

话音刚落,冯涛就疾步离开,仍然不等老邹回应,仍然不留给老邹琢磨的时间。

5

冯涛这一去就没了踪影,老邹站在那台比人还高的机器旁左顾右盼了好一会儿,始终没在人群中寻到冯涛的身影。

这时，一个20多岁的年轻姑娘走到那台机器前，从钱包里取出一张卡捅进机器里，一如刚才的冯涛一样。

可接下来的过程却和冯涛刚才正好相反，"小电视"下边的"大嘴"还没张开，机器就发出了轰鸣声，轰鸣结束后"大嘴"突然张开，年轻姑娘从里面掏出一沓百元大钞数了起来。这个过程被一旁的老邹看得真切，他立马急了，一个箭步冲上去，紧紧攥住年轻姑娘正在数钱的那只手的手腕子，同时高声喊道："这是我的钱，你不能拿走。"

"大爷，你有病吧！这是银行的自助存取款机。"

"这里咋成银行啦？明明就是医院嘛。你取钱我不管，就是不能取我的钱。"

很快，两人的争执引来了一大群人围观，也惊动了医院的保安。众人在听完老邹"义正词严"的控诉后哭笑不得，一个身材微胖的保安一边告诉老邹他被骗了，一边吩咐另一个保安赶紧报警。老邹还蒙在鼓里，任凭其他人如何劝说，死活不肯松手，更不相信自己被骗了。后来，在一位工作人员耐心地解释下，老邹又回想了一遍事发前的整个过程，逐渐有些回过味儿来，终于松开了紧攥姑娘手腕的手。但是他还是不愿意面对现实，强烈要求到重症监护病房去探望满月。当被问及满月现如今的名字时，老邹沉默了。

等警察赶到的时候，老邹正坐在大厅的地上老泪纵横，嘴上不住地讷讷道："他咋能骗人呢……他咋能骗人呢……"

冯涛十分狡猾，当初和老邹互报家门时，留了个心眼儿，只报到县，不像老邹那样精确到村。而且警方对冯涛说过的话，以及冯涛这个名字是不是真实的，都持怀疑的态度。

老邹在曲山县公安局做完笔录后，就被告知回去等消息。老邹踉跄着走出公安局时已是响午，他那一头茂密且黑白相间的头发像鸟窝一样，在微风的吹拂下显得更加蓬乱。老邹举目望天，天空中的暖阳用强光直刺他的眼睛，像是在故意惩罚犯错的人，他下意识地低下了头。老邹恨自己白活了五十年，让一个毛娃子耍得团团转。这份自责犹如一把利剑直接插在心窝上：本来龙菇已经找到了，又没了，娘的病也没得治了；本来以为失散多年的女儿满月马上就要找到了，结果却空欢喜一场，那五万块钱也没了。老邹彻底绝望了。有一点他始终想不明白，那个自称冯涛的年轻人咋能忍心骗自己，那株龙菇就是娘的命啊！老邹欲哭无泪，纵然悔恨到无以复加的程度也是徒劳，只能带着万分沮丧的心情黯然返乡。

老邹回到邹家庄时，已是翌日下午两点，他没有回家，而是径直来到胡神医家门前。

在胡神医家大门正上方，挂着一块斑驳的牌匾，"救死扶伤"四个大字隐约可见。胡神医的老伴五年前过世，儿子们都住在县城，只剩他一个人住在邹家庄的老宅子里。

老邹抬手轻叩了两下大门。半晌，一个白头发、白眉毛的老头开了门。这个老头便是胡神医，他的个子本就不高，背又驼得厉害，看人基本是抬头仰视的姿势，看起来老态龙钟的。

"啥时候回来的？"胡神医面无表情地问道。

"刚回来，还没回家呢，就直奔您这儿来了。"老邹有气无力地说道。

随后，胡神医把老邹让进屋里。胡神医家只有里外两间屋，外屋的陈设既简单又古朴。一座大屏风将外屋一分为二，老邹来过胡神医家无数次，知道屏风后面堆满了麻袋，麻袋里面装着各种药材。屏风前面摆放了一张破旧的八仙桌和三把条凳，在八仙桌上有一个竹子外壳的暖水壶和一大一小两个旧茶缸。门口是一个大灶台，灶台上放着一口农村常见的大锅。屋子里弥漫着一股浓浓的中药味，像是在彰显主人的特殊身份。

胡神医佝偻着身子从里屋拿出来一个崭新的玻璃杯，老邹连忙上前接过杯子放到八仙桌上，拿起暖水壶，给玻璃杯和胡神医常用的那个大茶缸分别倒满水。之后，二人坐在八仙桌前的条凳上开始了交谈。

老邹向胡神医简要叙述了自己到老黑山后的一系列经历，胡神医听得十分认真，不时插话询问老黑山目前的一些情况，面色逐渐凝重起来。

当听说老邹被骗时，胡神医嗔怪道："大福，你就是太实诚了，实诚得缺心眼儿了。世上咋可能有那么巧的事，不用猜就知道，那小子肯定看过你那张寻人启事。"

老邹叹了一口气，颓丧地摇着脑袋。

"你手里现在总共有多少钱？"胡神医问道。老邹一愣，马上猜到了胡神医的意图。

"满打满算能凑出个一万，还能从我姐那里再借点。"老邹回答道。胡神医略微琢磨了一下，又说道："你姐家也不宽裕，就算了吧，我这里还有两万，明天再让思广和思远各送一万过来，帮你凑个五万，你赶紧给那个姓魏的送去，把那株龙菇换回来。"

"使不得呀，胡叔……"

胡神医不耐烦地摆了摆手，直接打断了老邹的话头："别废话了，救命要紧。"

"那行，算我借……"老邹话刚说了一半，就被胡神医再次打断："行了，行了，快去你姐家看看你娘吧。"

撵走了老邹之后，胡神医弓着腰准备去里屋给两个儿子打电话要钱。他的大儿子胡思广在县城开公交车，二儿子胡思远是县一中的语文老师，两个儿子虽说不是有钱人，却都十分孝顺，胡神医家的电话就是两个儿子十年前共同出钱安的，到现在也是全邹家庄唯一的家庭座机。

胡神医刚挪进里屋，放在炕桌上的座机却先响了起来，是药材厂的王厂长打来的电话。王厂长一直给胡神医提供药材，是很多年的合作伙伴。

"老伙计，告诉你个不好的消息，下个月杜生要涨价了。"

"涨多少？"

"一公斤涨四十五。"

"咋涨这么多？"

"广东那边上半年非典闹得凶，影响了播种，今年产量比往年少了四成。"

胡神医叹了一声："有总比没有强，行了，我知道了。"最近几年，类似的消息听得多了，他已经有"免疫力"了。

"老伙计，别总自己为难自己，涨多少直接加到药钱里不就完了嘛。"王厂长好心劝慰道。他知道胡神医每次遇到药材涨价，都会拿出自己的存货缓冲，尽量减少药钱涨价的幅度。

"不关你事。"

"你这个老家伙，好赖不知。"

"行了行了，别啰唆了。"胡神医挂断电话后，忧心忡忡地来到外屋的那堆麻袋前。他打开了其中的一个麻袋，里面装着半袋子杜生。杜生外形酷似黄豆，主要产地是广东。

胡神医捧了一把杜生放到鼻子前闻了闻，杜生的味道把他带回到六十多年前。胡神医刚开始跟父亲学医时，就是先学习辨识各种药材。在父亲的耳提面命下，胡神医进步飞快，在父亲眼里，他是一个颇具天赋的好苗子。胡神医也没有浪费自己的天赋，通过不懈努力，终于青出于蓝。每次胡神医得意地向父亲炫耀自己的成绩时，父亲都不吭声，只是一个劲儿地用手掌用力拍打着自己的肩膀，以此来告诫胡神医，他是站在先人的肩膀上取得的成就。

随着年龄渐长，胡神医逐渐变得内敛起来，他把全部精力都用在治病救人和对医术的潜心研究上。不过，他心里一直深藏着一个小小的愿望，希望有朝一日，他能像父亲当年那样，用拍打肩膀的方式告诫自己的后代。可惜事与愿违，胡神医膝下的两儿三孙都没继承他的衣钵，各自从事的职业和中医相去甚远。起初是儿孙们嫌不赚钱，都不愿意学，后来胡神医也不愿意教了。个中原因，胡神医一直缄口，不被外人所知晓。

胡神医一想到儿孙，思绪马上回到现实中来，想起自己刚刚忘给两个儿子家里打电话了。

老邹从胡神医家离开后，直接去了距离邹家庄十公里外的姐姐家。老邹在姐姐家里屋见到娘时，娘正盘腿坐在炕中间。多日未见，娘看起来胖了，气色也不错，老邹看在眼里，心里宽慰了许多。

娘用混浊的双眼望着老邹的脸，以为老邹是来接她回家的，高兴得像个孩子一样，让老邹姐姐赶紧收拾东西走人。

老邹心里有点难过，只得照实说道："娘，我这次来就是看看您，明天还得走。您还得在姐这儿住段日子。"

老邹娘顿时不高兴了："还折腾个啥？"

老邹的回答简单明了："缺的那种药材有眉目了。"

"别忙活了，我不想治了，我就想回家。"

不想治病的念头，娘一直都有，之前每次老邹都能劝说住。老太太此番旧事重提老邹并不感到意外，但是这一次与以往有很大的不同，娘的侧重点在于回家。人老了，对家的念想格外重，老太太如今一门心思只想回家，直言就是死也要死在家里头。老邹和姐姐好说歹说,无论怎样安抚,老太太就是油盐不进。万不得已之下,老邹最后只能"逃离"姐姐家。

回家路上,老邹的心情特别沉重,他在心里默默地告诉自己,无论如何都要将那株龙菇带回邹家庄。

第二天中午,胡神医送来了四万块钱,加上老邹自己的一万块,正好是五万,老邹带上钱再次上路。

日夜兼程,转天上午9点半,老邹返回老魏头的地摊前。让老邹始料不及的是,在他到来前的半个小时,老魏头已将那株龙菇脱了手,卖给了一个姓赵的老板。老魏头告诉老邹,赵老板是接到老魏头的电话,专程从吉林赶过来的。赵老板马上还要赶回吉林,此刻应该正在火车站。

老邹向老魏头简单询问了一下那个赵老板的体貌特征后,立即前往火车站。在候车室里的人群中,老邹四处寻找一个穿了一身红色西装的中年男人。一番寻找无果后,老邹又来到厕所,终于在一个蹲坑前发现了正在大便的赵老板。赵老板面前立着一个黑色的拉杆箱,老邹猜那株龙菇此刻就在拉杆箱里。

老邹顾不得太多,强忍着扑鼻而来的臭气向赵老板说明了来意。赵老板看起来40多岁,一头板寸,长得胖头大脸的，说话声如洪钟。他皱着眉头让老邹先到厕所外面等着，老邹只好依言退出，耐着性子守在厕所门口。

过了一会儿，见赵老板拖着拉杆箱从厕所里慢悠悠地走出来，老邹迅速迎了上去。新的问题随即出现，虽然赵老板同意老邹拿钱换回龙菇的想法，但赵老板付给老魏头的收购费用是十万，而老邹现在手里只有五万。

老邹登时就傻眼了。

赵老板对老邹的遭遇深表同情，但他也表示绝不可能做赔本的买卖。他最后说道："老哥，我也不为难你，只要你能拿出十万块，我马上把龙菇给你。否则，一切免谈。"

见老邹伤神地默然良久，一旁的赵老板试探性地问道："老哥，你刚才提到的那个胡神医是不是叫胡令举？"

老邹随口应道："是呀，咋啦？你也认识他？"

赵老板摇了摇头说道："不认识，但在东北中医圈里，谁不知道胡令举的大名。他可是治癌症的高手，老哥跟他熟吗？"

老邹心不在焉地说道："太熟了，他家就住在我家房后，他是看着我长大的，我打小就叫他胡叔。"

赵老板顿时眼睛一亮，兴奋地说道："太好了，老哥，我给你出个主意吧。你带我去见见胡老先生，只要你能帮我说服胡老先生把治癌症的秘方卖给我，不仅龙菇我还给你，你手上的五万块钱也不用还给我。老哥，你看怎么样？"

老邹刚刚被吊起的胃口瞬间跌落回原位，他喟叹道："这咋可能呢？"

对于任何一位中医来讲，家传秘方都是命根子，都是秘不外传的。胡神医虽说和老邹一家是多年的老邻居，胡神医本人又是十里八村远近闻名的大善人，但要让他交出家传秘方，在老邹看来简直比登天还难。

相较之下，反倒是说服老魏头将刚刚挣到手的五万块钱拿出来的可能性大一些，至少老邹是这么认为的。

老邹把自己的这个想法说给赵老板听，赵老板连连摇头，直接向老邹泼了一盆凉水："但凡是老魏头吃进嘴里的肉，是绝对不可能再吐出来的。"

但是，与老魏头素昧平生的老邹仍然抱有一丝幻想，执意要试一试。"你愿撞南墙就自己去撞吧，保准一会儿还得回来找我，我就在这里等着你。"赵老板信誓旦旦地说道。

老邹思前想后，还是决定去老魏头那里碰碰运气，遂又折回老魏头的地摊前。现实正如赵老板预料的那样，任凭老邹如何苦苦哀求，老魏头那光秃秃的脑袋始终像拨浪鼓一样摇个不停。

老邹蔫头耷脑地返回火车站候车室，远远地就看到赵老板正悠闲地坐在座椅上跷着二郎腿，轻蔑地朝自己微笑着，心里顿时生出一股无名火，可是老邹必须选择隐忍，勉强接受了赵老板的提议，一起回邹家庄帮赵老板说服胡神医同意卖出秘方。

就在老邹和赵老板在候车室一起等火车的时候，老邹忽然看到了冯涛的身影，在冯涛身旁还跟着一个中年妇女。

6

冯涛那天将钱骗到手之后，先来到一家商场，买了一双心仪已久的白帆布鞋，把那双曾沾过老邹大便的解放鞋扔进了垃圾桶里。紧接着，冯涛找到一家农业银行，从自己的农行卡里取出三万元现金，然后一溜烟儿地跑回老家凤阳镇东泉沟村。

冯涛回家时正值中午，胡乱扒拉了几口饭后，换了一身干净衣服，拿上那三万元现金就直奔秀欢家。东泉沟村刚刚下过雨，空气湿漉漉的。冯涛手里拎着装有三万元现金的手提袋，穿着新鞋，迈着轻快的步伐踩在泥泞的土路上，脚底下软软的感觉，特别舒服。路过村西头的那口老井，向北再转个弯，秀欢家的院子出现在冯涛的视线里，心急的他边走边踮起脚向秀欢家的院子里张望，正巧看到秀欢拿着一把大扫帚在打扫院子。

冯涛的脸上马上荡漾出幸福的欢愉，兴奋地喊了一嗓子："秀欢。"谁知，秀欢听到冯涛的声音后，愣了一下，没应声，扔下扫帚径直进了屋。

冯涛有点摸不着头脑，心里隐隐约约产生了一丝不好的预感，不由得加快了脚下的步伐。等走到秀欢家大院门口时，他被从里面出来的秀欢妈直接堵住。冯涛笑嘻嘻地问候道："婶，俺来了。"

"你来干什么？"秀欢妈面若冰霜，语气也冷冰冰的。

自从冯涛二姐生病之后，秀欢妈对冯涛一家的态度就变得冷淡起来。但今时不同往日，冯涛现在有那三万块钱在手，腰杆子硬了不少，说话底气也足了。"俺来送钱哪，一分不差，正好三万。"

冯涛说着就将手提袋递给秀欢妈，手提袋上醒目地写着"中国农业银行"六个字。秀欢妈眼皮都没抬一下，并没有接过手提袋。"这钱俺可不敢要，你还是拿回去吧，跟谁借的赶紧还回去，晚了还得给人家利息钱。"

冯涛欣然道："这钱不是借的。"

"不是借的，难不成是从天上掉下来的？以前只觉得你小子有点油嘴滑舌，自从和你家老子去城里干了两年活儿回来后，说话一屁俩谎。"秀欢妈没好气地说道。

冯涛脸上有点挂不住了，继续赔着笑脸道："婶，您不是说只要元旦之前俺家能拿出这三万块彩礼钱，秀欢就跟俺办事儿吗？"

"你家现在饥荒那么多，想让俺家秀欢嫁过去喝西北风啊！"

冯涛还想张口争辩什么，秀欢妈却不给他机会，直接抢白道："你俩的事儿，就这样吧，以后再别来俺家了。"

秀欢妈说完话就转身欲关上大门，冯涛眼疾脚快，伸出一只脚跨进门里，阻拦秀欢妈关门的动作："婶，您是长辈，说过的话可不能当屁闻。"秀欢妈当即就火了，指着冯涛的鼻子破口大骂。冯涛也不甘示弱，和秀欢妈据理力争。双方你来我往，好不热闹，迅速引来了一大群人围观。

冯涛和秀欢妈争执了半天，也没有任何实质性的结果。秀欢始终躲在屋里，没露面，这更让冯涛来气，他忍不住高声喊道："婶，俺不和你说，你让秀欢出来，只要她亲口说跟俺拉倒，俺就认。"

"好，这是你自己说的哈，到时候可别不认账。"秀欢妈转身进到院子里，过了一会儿，又和秀欢一前一后来到门口。

冯涛看到，秀欢手里拿着一把旧伞，整个人一下子就蔫了，眼神霎时涣散下来。按照当地习俗，定完亲的恋人，若是一方送给另一方伞，就代表分手。

"快给他。"秀欢妈命令秀欢。

秀欢犹豫了一下，缓缓走到冯涛面前，将伞递向冯涛。冯涛没接，一双眼睛直勾勾地盯着秀欢的脸发呆。秀欢妈见此情形，上前拿过秀欢手中的伞，狠狠地扔到冯涛身上。冯涛像个木偶一样，没有任何反应，那把旧伞在击中冯涛后又掉落到地上。

秀欢妈拉着秀欢就往回走，这时，冯涛突然喊了一句："秀欢，咱俩这么多年了，你就忍心？"

闻听此言，秀欢定住了，她挣脱了妈妈的手，转身慢慢走到冯涛跟前，两个大眼睛里噙着的泪水摇摇欲坠，最后终于滑落脸颊。秀欢哽咽道："涛子，你别怪俺，俺不想过苦日子。俺打听过了，你二姐那病要想全治好，还得好几万呢。"

冯涛的眼圈红了，凝望着秀欢动情地说道："俺不会让你过苦日子的，俺现在有钱了。"

秀欢摇着头说："别自己骗自己了，除非……"秀欢止住了话头，眼巴巴地盯着冯涛。这让冯涛又看到了希望，急忙问道："除非什么？秀欢，你快说呀。"

秀欢停顿了片刻，才继续说道："除非你愿意做上门女婿，和你家断绝关系。"

冯涛刚刚还很明亮的眼睛瞬间黯淡了下去，他颓丧地蹲下身子，双手抱头，缄默了。

"你做梦！"人群中突然响起一个掷地有声的女高音，冯涛的妈妈带着一脸的愠色从人群中走出来，径直来到自己儿子跟前。

"做人要有骨气，跟俺回家。"冯涛妈义正词严地说道，不容分说，拉起冯涛就走。

冯涛妈拉着冯涛头也不回地走了，留下秀欢一个人掩面而泣。

回到家里，冯涛先是把手提袋往炕里一扔，然后整个人横躺在炕上生闷气。

冯涛妈紧跟着进屋，严肃地向冯涛询问那三万块钱的具体来历。此时的冯涛情绪十分低落，也懒得再撒谎，干脆来了个实话实说。最后惹得冯涛妈勃然大怒："涛子，这么伤天害理的事你也干得出来！"

"要不是二姐心脏坏了，俺也不能这么做。"冯涛不以为然地辩解道。

"你别总拿你二姐说事儿，心脏可以坏，良心可坏不得，这钱你必须给人家送回去。"冯涛妈是家里的主心骨，一贯说一不二。冯涛从小到大，一直怕妈妈。这时候他又要起了心眼儿，表面上同意把钱送回去，心里想的却是拿着钱出去转一转，散散心。

冯涛妈心里不托底，坚决要求和冯涛一起去。冯涛这下傻眼了，只好心不甘情不愿地和妈妈一起上路。他们母子的具体行程分成两段：先去老魏头那里换回龙菇，再拿着龙菇去黑龙江丰水县邹家庄，将龙菇交到老邹手里。

老邹前脚从老魏头那里离开，冯涛和妈妈后脚就赶到了。从老魏头那里得知了老邹当前的处境后，母子二人又马不停蹄地赶到火车站候车室。

7

老邹见到冯涛的那一刻，心中的怒火一下子蹿升到极点。他霍地一下从座椅上弹起，直接冲到冯涛跟前，重复了在那棵刺楸树下做过的动作，双手用力揪住冯涛的衣领，怒目圆睁，一字一顿地吼道："你他娘的还敢露面！"

一旁的冯涛妈连忙劝阻，在得知老邹就是受害者后，她立即说明了此行的目的。

老邹大喜，马上兴冲冲地将冯涛妈和冯涛拉到赵老板面前，准备用两个五万凑成的十万换回那株龙菇。岂料，赵老板却变卦了，坚称只有胡神医同意卖秘方才能交出龙菇。

老邹的心情像坐过山车一样，没经过任何过渡又直接坠入深渊，他硬着头皮低声下气地将好话说尽，赵老板却始终不为所动，后来老邹甚至跪下来乞求赵老板，也无济于事。

冯涛在一旁见到这般情形，附到妈妈耳边低语道："咱把钱还了就行了。"然后拉着妈妈的一只胳膊就想开溜。冯涛妈一把甩开了冯涛的手，面朝着赵老板，扑通一声跪下，动情地说道："大兄弟，这可是人命关天的大事儿，你就行行好，收了这十万块钱行不？"

冯涛妈这一跪，让冯涛心里很不是滋味，尤其看到赵老板满不在乎地哼了一声后，怒火中烧，愤恨地朝赵老板骂了一句："你他妈的，说话当屁闻哪！"并且抡起拳头就要打赵老板。没等他近赵老板的身，就被妈妈和老邹合力推到一边去了。

赵老板被激怒了，给老邹下了最后通牒：要么自己回吉林，要么由老邹带路，二人一起去丰水县邹家庄。老邹只能无可奈何地选择和赵老板一起踏上回黑龙江丰水县的火车。

在火车上赵老板一直向老邹询问胡神医的各种情况，当他听说胡神医虽然医术精湛却后继无人时，一下子来了兴致，对于此次去邹家庄找胡神医买秘方表现出一副志在必得的架势。老邹却断定，赵老板在胡神医那里一定得不到秘方，正如自己在老魏头那里的遭遇一样，只不过换个场景，换了人物。

晚饭后，老邹和赵老板对坐在卧铺车厢的座椅上。赵老板继续口若悬河，老邹情绪始终不高，不怎么搭腔。慢慢地，赵老板也觉得索然无味，直接躺到他自己的下铺，很快打起了呼噜。老邹见状，也爬到上铺抱着自己的旅行袋躺了下来。现在旅行袋里有十万块钱，老邹却并不觉得沉重。

老邹习惯了硬座车厢的嘈杂，对相对安静的卧铺车厢有些不太适应，加上上铺空间十分逼仄，他翻来覆去怎么也睡不着。

人晚上一旦睡不着觉，就容易胡思乱想。老邹开始不自觉地在记忆里搜索胡神医以前做过的善事，也回想了一些自己家对胡神医一家的帮助，尝试着探寻胡神医交出秘方的可能性。明知道希望渺茫，老邹还是这么做了。

老邹想起，胡神医曾经因为治好了县城一位大老板妻子的乳腺癌，得到了那位大老板给的十万元奖励，随后把那十万元全部捐给了村小学盖新校舍。老邹还想起，村里的刘大娘是孤寡老人，得了胰腺癌后，无钱医治。胡神医倒贴钱给刘大娘治病。老邹依稀记得，娘以前念叨过，胡神医的大儿子小时候喝过她的奶。老邹还想起，胡神医的大孙子在县城里的工作，是姐夫托了关系帮忙联系的……可是，无论老邹在心里怎样掂量，都觉得这些事情的分量并不足以让胡神医同意卖秘方。况且老邹还清晰地回忆起，以前有很多人上门求购胡神医的秘方，其中不乏上百万元级别的"天价"，无一例外全都被胡神医断然拒绝。

想到这里，老邹更沮丧了。赵老板随着睡眠的深入，呼噜声越来越大，整个车厢里都回荡着赵老板如雷的鼾声。老邹被吵得心烦，更睡不着了。

老邹的目光无意间落到和上铺平行的行李架上，赵老板那个精致的拉杆箱正静静地躺在上面。老邹忽然动了将龙菇从拉杆箱里偷走的心思。这个念头只是一闪而过，却不时反复闪现，但老邹始终没有付诸行动。不过，正是从那时候开始，老邹的眼神一刻也没有离开过那个拉杆箱，即便是熄了灯之后。

凌晨3点半，卧铺车厢里的灯又亮了起来，火车也停了。广播里连续播送了两遍"列车已到达长春站"的消息，一些旅客背着行囊陆续下车。在这个过程中，一直保持清醒的老邹突然惊奇地发现，冯涛竟然混迹其中，在路过老邹那排铺位时，冯涛冲老邹朝出口的方向飞快地挥了两下手，而后又貌似很随意地搬下了赵老板的拉杆箱，径直拖走了。

老邹心里一惊，马上明白了冯涛的意思。下意识地探头朝下铺望了一眼，见赵老板仍在酣睡，老邹赶紧抱着旅行袋从上铺跳了下来，顾不上穿鞋，光着两个脚板直接朝冯涛离去的方向追去。

在候车室的时候，冯涛妈眼见那五万块还给老邹却没能解决实际问题，心里非常内疚，坚持要去丰水县邹家庄亲自求胡神医同意卖秘方。即便希望不大，也要争取一下。她觉得既然事因冯涛而起，就要负责到底。

冯涛一向不怎么听话，过去无论是说话还是办事，即便是慑于妈妈的威严，勉强听命，心里多半也是不认同的。可此时的他却十分赞同妈妈的想法，妈妈对赵老板跪下来的那一幕，触动了冯涛内心深处最软弱的地方，他想不到强势刚毅了大半辈子的妈妈会向一个陌生人屈膝。不过，冯涛坚决要求自己一人前往丰水县邹家庄，他不愿意再看到妈妈给人下跪的场景，要跪也是他自己跪。

冯涛妈最后同意了,临别时再三叮嘱冯涛,务必帮助老邹拿到龙菇,不然良心一辈子不得安生。

就这样,冯涛独自一人悄悄地上了老邹和赵老板乘坐的那列火车,先是在硬座车厢,后又补了一张卧铺票。冯涛苦苦思索了半天,认为无论是让胡神医交出秘方,还是让财迷心窍的赵老板突然良心发现,可能性都微乎其微。想要拿回那株龙菇,只能走旁门左道。

下了火车,老邹看到冯涛在五十米开外的地方,蹲着鼓捣着赵老板的拉杆箱。待老邹走近时,冯涛站起身来,嘴里嘟囔了一句:"妈的,箱子带密码,打不开。"

冯涛原想从拉杆箱里取出龙菇后,再把箱子还回去,如今看来已经是不可能了。冯涛心里一横,对老邹说道:"干脆咱们把箱子直接拎走算了。"

老邹的目光迟滞了,夜里的风格外冷,吹在身上似刀尖划过。老邹光着脚伫立良久,冯涛选择在长春站下手是经过深思熟虑的,长春站是大站,火车停靠的时间较长,也留给了老邹充分的时间思考。

见老邹迟迟下不了决心,冯涛催促道:"大叔,别寻思了,快来不及了。"

"那总得把十万块钱给他送过去吧。"老邹总算开口了。

"俺想过了,他找不到箱子,你人又不见了,肯定知道是你拿走的。他一定会去邹家庄找你的,到时候你再把箱子和十万块还给他就行了。"冯涛分析道。

"那他要是报警了咋办?"老邹又问。

"哎呀,大叔,现在顾不了那么多了……"

冯涛话刚说了一半,就看到赵老板不知道什么时候已经站在老邹身后了。

冯涛的计划失败了,三个人又重新回到火车上,赵老板并没有向乘警声张此事,也没有过多地责怪老邹。他有自己的小算盘,毕竟为了胡神医的家传秘方,他还有用得着老邹的地方。

身心俱疲的老邹重新躺回自己的上铺,火车又开始了颠簸。火车重新开启的那一刻,老邹突然对自己刚才的选择有些后悔。过了一会儿,他又释然了,就这样反反复复,直到临近天亮时坠入梦乡为止。

冯涛回到自己的铺位后一直没合眼,刚开始他还在心里暗自埋怨老邹拖泥带水,贻误了"战机"。后来,他脑海里开始不断闪回着妈妈跪在赵老板面前的那一幕画面,耳畔不时响起妈妈在候车室里叮嘱自己的那些话。这让冯涛陷入沉思,也逐渐改变了想法。他觉得老邹的选择是对的,人来世上走一遭，终归都要埋进黄土，不管有钱还是没钱，不就图一个心里踏实吗？意识到这一点之后，冯涛在心里默默地对老邹说了一声："对不起。"

8

老邹这一觉一直睡到第二天中午12点半，醒来后去盥洗室洗了一把脸，回来发现赵老板给自己买来了盒饭。一上午没吃东西，老邹却没有什么胃口，他拿着那份盒饭来到了另一节卧铺车厢，打算把饭送给冯涛。

冯涛听说盒饭是赵老板买的后，直接让老邹把盒饭拿走。老邹无奈之下，又返回到自己的车厢。他舍不得浪费粮食，只好勉强自己将那份盒饭吃进肚子里。饭吃完了，丰水县也到了，赵老板和老邹、冯涛先后下了火车。

在火车站前的小广场上，赵老板直接叫了一辆出租车，老邹喊冯涛一起坐，赵老板却虎着脸让老邹快上车。冯涛摇着头对老邹说道："大叔，你先走吧，俺自己走，咱们一会儿在邹家庄见吧。"

老邹点了点头，向冯涛交代了自己家大概的方位后，就上了出租车。

去邹家庄的路上,老邹和赵老板在出租车上默然无语。车子即将驶进邹家庄地界时,赵老板忽然想起了什么,侧头对老邹一本正经地说道:"老哥,我丑话说在前头,我这次就是冲着胡老先生的秘方来的,要是胡老先生就是不肯卖秘方,你可不能仗着在你的地盘上,耍赖抢我的东西。"

老邹鄙夷地瞟了赵老板一眼,嘴角咧了咧,轻蔑地冷笑了一下,不咸不淡地说了一句:"我活了五十年,说话办事,丁是丁卯是卯,从没含糊过,不像有些人。"

赵老板讨了个没趣,脸上的表情极不自然,扭头将目光投向车窗外,再没吭声。

出租车最终在胡神医那间破旧的土坯房前停下。老邹注意到,胡神医家门前停了一辆看起来十分气派的大轿车,至于具体是什么车老邹不认识。老邹猜测,肯定是哪个大老板来找胡神医瞧病或者拿药。

赵老板从出租车里钻出来后,从上到下端详了土坯房好几遍,似乎不敢相信大名鼎鼎的胡神医竟然住在这样的房子里。赵老板用手指着胡神医家房门正上方的那块牌匾问老邹:"这块匾是个古董吧?"

"嗯,快两百年了。"老邹回答。

老邹和赵老板走到胡神医家门前,老邹发现,门是虚掩着的，露出一道缝。透过那道缝可以看到，胡神医侧身站在八仙桌前，整个身体看起来像一个问号。在他面前并排跪着一男一女两个衣着考究的人。

老邹知道此时不便进去，收回了目光，静静地候在门前。赵老板见状，探头通过那道缝向胡神医家外屋窥视。

"胡神医，您可是神医呀，怎么可能治不好我儿子的病呢？"男人问道。

"世上哪有啥神医，也没有能包治百病的药，人各有命，你们认命吧。"胡神医不卑不亢地说道。

"胡神医，您千万不能给我儿子停药哇。"男人哀求道。

"是呀，才用了一个月药，怎么就知道不行呢？"一旁的女人附和道。

"没用的，你们儿子已经用了一个月，肚皮还没有变色，就证明对我的药根本不吸收。"

"变色了，变色了。"女人抢着说道。

"别自欺欺人了，你们刚才还说，你们儿子这几天后背疼得厉害，这说明癌细胞已经侵入骨头里了，不信你们可以去医院拍片子看。"

"胡神医，不管您的药现在管不管用，都请再试一试好吗，我们愿付十倍的药钱，不，愿付一百倍的药钱。可怜我儿子还那么小,才5岁半……"女人说着说着就呜咽起来。

"没必要了,我肯定不会再出药了,你们走吧。"胡神医的回答非常果断,甚至有些冷酷无情。说完之后,他背着手进入里屋,再没出来。晾在外屋的夫妻俩跪在地上抱头痛哭,两个凄厉的哭声交织在一起,顺着房梁飘荡到屋顶,长时间萦绕在半空中,让门外几乎是同样心境的老邹,也情不自禁地红了眼圈。

眼前看到的这一切,令赵老板隐隐不安,他担心一会儿进入正题时,胡神医会因为心情不好,拒绝出售秘方。

那对苦命的夫妻最终还是落寞地离开了,接下来终于轮到赵老板登场了。老邹在为赵老板和胡神医引见了一番之后,三个人就围坐在外屋的八仙桌旁交谈起来。

老邹简单讲述了自己之前经历的一系列事情,这个过程中,赵老板的眼睛一直死死地盯在胡神医的脸上。胡神医始终平静如水,脸上没有任何表情变化。老邹一直讲到赵老板在候车室面对十万块钱又出尔反尔为止。赵老板终于等到了自己开腔的时刻,迫不及待地接过话头,补充剩余的内容,重点讲明了他此行的来意。他最后表示,愿意拿出四十万来买胡神医治癌症的家传秘方,同时,先前对老邹的承诺也不会变。

赵老板原以为老邹会在一旁帮着敲边鼓，老邹却始终置身事外，局外人一样冷眼旁观，未发一言。赵老板说完了他自己要说的话后，两只眼睛又死死盯着胡神医的脸。

胡神医思忖了一会儿后，缓缓开口对赵老板说道："四十万就不必了，你只要能兑现对大福的承诺就行了，我可以把方子给你。"胡神医轻描淡写的回答令赵老板瞠目结舌，也让老邹错愕不已。

"胡老先生，您不是在逗我玩吧？"赵老板疑惑地问道，而且面有愠色，仿佛他眼前的胡神医是个骗子一样。

胡神医静静地望着赵老板，脸上仍然没有一丝波澜，少顷，才冷冷地说道："我说到做到，你也一样，我这就把方子找出来给你。"胡神医说罢，起身走进里屋。老邹紧随其后，他和赵老板深有同感，觉得这其中必定有诈。

"胡叔，这个玩笑可开不得呀。"刚一进里屋，老邹就焦急地说道。

"你啥时候见我开过玩笑。"胡神医一边说一边坐到炕沿上打开炕柜，从里面翻出一个红色的长方形的木匣子。木匣子打开后，露出了一张泛黄的折叠成长方形的宣纸，胡神医将宣纸掏出后就往炕下挪。

"这个方子是……真的吗？"老邹站在一旁支支吾吾地

问道。

"当然了，这可是胡家老祖宗几辈子的心血。"胡神医正色道。

老邹来到胡神医身旁追问："那为啥还要交给那个姓赵的？又凭啥不要他给的四十万？"

胡神医叹了口气，并没有马上作答。老邹急了，又加重语气问道："到底是为啥呀？胡叔。"

"为了门口牌匾上那四个字。"胡神医的这句回答中气十足，不像往常那样每次说到句末就给人气不够用的感觉。

老邹还是不解其意，疑惑地望着胡神医。胡神医没再理会老邹，拿着方子来到了外屋。他将手里的宣纸递给赵老板，赵老板赶忙接了过去。

赵老板将宣纸一层一层慢慢展开，由于折叠的层数太多，宣纸全部展开后竟铺满了整个八仙桌，整张宣纸上密密麻麻地写满了蝇头小楷。

赵老板不禁皱起了眉头："这么多字呀？"

胡神医不紧不慢地回应道："每一种癌的药方都不一样，癌长在不同的地方，药方又各有区别，男人、女人，年岁大的、年岁小的各种药材的配比也不尽相同，一年四季的用药比例也都不一样，几乎是一个患者一个方子，你说这些字多吗？"

赵老板重重地点了一下头，感慨道："果然是名不虚传哪！但有一点我不明白，想请胡老先生赐教，您为什么不要钱，就甘愿把方子交给我呢？"

胡神医沉默了，眼神渐渐迷离起来，过了好半天才怅然说道："因为这张宣纸很快就是一张废纸了。你们只知道龙菇现在已经基本绝迹，但面临灭绝危险的药材可不止它一个。不出五年，方子里的好多药材都将消失。我拿这样的方子换赵老板的四十万，不是在骗人吗？况且老祖宗的智慧是无价的，人命更是无价的。我们老胡家世代行医，就是为了救死扶伤。与其坐等这张秘方彻底变成一张废纸，不如只重眼下，能多救一个人就多救一个人。毕竟，我也起不了几天作用了。"

说到最后胡神医已经哽咽了，眼圈也有些发红。这还是老邹头一次见胡神医这么激动，他望着胡神医那张写满沧桑的脸出神，陡然发现自己以前对胡神医的了解太肤浅了。

赵老板也若有所思地点了点头，心灵深处被一种前所未有的震撼深深地冲击着。经过一番思量后，赵老板还是拿走了秘方。这一次，他兑现了自己的承诺，留下了那株龙菇，老邹手上的十万块钱他也没要。

临走时,赵老板郑重其事地对胡神医说:"我回去后,一定发动身边所有的关系,让那些药材得到保护。我知道这很难,但我一定尽我所能。您的这个方子,我也不会转卖的,我要把它发扬光大,让它永远造福人间。"

赵老板给胡神医深深地鞠了一个躬后,才拖着那个黑色的拉杆箱踏上了归途。

临近傍晚的时候,老邹回到自己家里。他伫立在窗前,眺望着天空中刚刚升起的那弯月牙,心里犹如沸腾着一壶开水,久久平静不下来。这段时间经历过的大喜和大悲,以及遇到的各色人等,像过电影般在他眼前不断闪回。他恍然想起,昨天冯涛的妈妈曾向他解释说:"俺儿说的并不全是谎话,俺二闺女确实得了很严重的心脏病,治病需要一大笔钱。"

老邹打定主意,要将冯涛还给自己的那五万块钱用来给冯涛二姐治病。他也正是在这个时候才发现,冯涛一直没来。不过,他坚信冯涛一定不会食言。

可是,冯涛真的食言了。老邹还不知道,和他在丰水县火车站的小广场上分别后不久,冯涛就被一辆警车带走了。